優米爾正在廚房做料理？
使用菜刀的技巧生疏，
卻還是為了貴大努力練習，
是「自由人生」變得熱鬧前的情景之一。

世界地圖

▲上島優介

貴大的好友，「自由人生」的隊長（自稱）。



◁佐山貴大

負責冒險者三人組「自由人生」的斥侯職種。

我們一定
能回去。
倉本蓮汰
爽朗的帥哥。
同時也是揮舞大劍、
一騎當千的戰士。

突然闖入異世界
「這是在搞什麼鬼啊啊啊啊啊啊？」

「天空？」

「我們在、空中嗎……！」

「……我是玩賞用奴隸。
您是明白這點才買下我的吧？」

序章
010
第一章
異世界轉移篇
013
第二章
異世界流浪篇
068
第三章
異世界歸還篇
138
第四章
與優米爾的過去篇
206
第五章
兩人的DVD篇
262
尾聲
283
尾聲2
292
後記
294
目錄喔！

気がつけば毛玉

插畫：かにビーム

Kadokawa Fantastic Novels

# 序章

那真是無比懷念的容顏。

這一年半，對方甚至出現在我的夢境裡。

「真沒想到你竟然還在這個世界啊！」

隔著起居室的桌子，一名男子坐在我的對面微笑著。

這傢伙是超群的「勇猛劍士」，同時也是我的兒時玩伴。

（長相帥氣到惹人厭的地步，還是個文武雙全的完美超人。）

我們從以前就意外合拍。我還記得無論做什麼都是兩人一起。

當然，那天我們也待在同樣的地方，正因如此才會來到這個世界——

「……主人。」

「嗯？」

「……這位客人是？」

對了，優米爾並不知情啊。

說到底我和優米爾相遇時，也是在我變成孤單一人之後了。

「這個嘛，這傢伙是我的兒時玩伴。」

「……兒時玩伴嗎？」

「沒錯。名字叫做倉本蓮次。這傢伙也是『自由人生』的成員。」

聽聞這句話，優米爾稍稍睜大眼睛。

「……我有稍微聽說過這件事。」

「以前跟妳提到的人就是這傢伙了。」

「……」

她應該很吃驚吧。儘管面無表情，動作卻有些生硬。

我從剛才開始也同樣感到驚訝。壓根沒料到這傢伙會前來拜訪。

倒不如說，還能在這個世界重逢，我連想都沒想過——

「……主人。」

「嗯？」

「……我記得，還有另外一個人對吧？」

「妳是指『自由人生』的成員嗎？」

「……是的。」

開口詢問的優米爾頷首。

（是啊。）

沒錯。

來到這個世界的並不是只有我而已。

「自由人生」這名字也不是光靠我自己決定的。

（是我和小蓮，還有優介。）

在那無法忘懷的夏日。

以及漫步於異世界的兩年間。

我們三人總是形影不離。

總是聚在一起，不管何等困難都攜手跨越。

即使距今已經是一年半前的往事，當中流逝了不少時間——

那天所發生的種種，仍然像是昨日般讓人鮮明憶起。

# 第一章 異世界轉移篇

—1—

來說點昔日往事吧。

目前我雖然處在異世界，但在原本的世界裡，我是個極為普通的高中生。

上學、和朋友嬉鬧、熬夜然後睡過頭。我就是過著如此平凡無奇的日常生活，是隨處可見的少年。

那天也是一樣，我沒有做出任何特別的事情。

只是一如往常，像是大多數的年輕人那樣。

我將自我意識沉浸到虛擬現實的世界裡。

「可惡，真的很難找耶。」

那天，我在虛擬現實中尋寶。

首要目標當然是面具怪盜艾克希斯所遺留的財寶。

傳聞中，艾克希斯偷了又偷偷了又偷，偷盡一切，最後終於連諸神的珍寶也偷入手中。

為了尋覓那位怪盜的遺產，我一手拿著藏寶地圖來到森林之中。

「真的是在這個地方吧？」

如同地圖所記載，這裡確實有個遺跡。

入口被巧妙地藏了起來，建築物本身也被樹葉與藤蔓製成的屏障所掩飾。

然而，也僅只如此。

單手拿著十字鎬，一下挖開牆壁，一下掰開石磚，從裡到外翻了一遍——

找出來的頂多也只是青銅器這類東西，作為首要目標的寶藏一丁點也沒找到。

「啊～！真是的～！」

我差不多也感到疲憊了，砰地一聲當場坐下。

「又是假情報喔！」

看來是如此。

有關大盜賊的遺產一事，是赤裸裸的謊言。

（雖然我隱約有察覺到就是了啦。）

然而怎樣也無法割捨心中那股「說不定情報是真的」的心情。

要說為什麼，因為遺產本身是真真正正存在的。並且以每年數次的步調，順利地被人一一回收。

那些近乎眩目的珍寶。傳說等級的上等武具。

怪盜艾克希斯的遺產正是令人垂涎之物，只要得手便能一攫千金，成為億萬富翁再也不是夢想。正因如此，找到藏寶圖並得知這情報可能為真時，我的興致也隨之高漲得離譜。

「結果是假貨啊。」

把格外逼真的地圖拋遠，我吐出好大好大的嘆息。

「喂，貴大～」

「你那裡情況怎麼樣？」

「嗯？」

一回頭，看見有兩個少年從遺跡深處裡走了出來。

一位是魔術師風格的少年。第一眼能看見他手持魔法杖，以及自然捲的頭髮和眼鏡。

而另一位格外英俊的劍士。這傢伙揹著雙刃大劍，卻踏著輕盈的步伐走近這裡。

平時在這種地方遭遇到這種人的話，通常會懷疑對方是強盜或是玩家殺手而心存警戒，

然而——

實不相瞞他們兩個都是和我一起前來尋寶的夥伴。

「有找到隱藏房間之類的地方嗎？」

「沒有，連財寶的『財』字都沒看見！」

「可惡啊啊啊啊！又白跑一趟了啊啊啊！」

「哎呀，冷靜點冷靜點。」

「你給我更不甘心一點啦，帥哥！」

會合後，率先開始無理取鬧的眼鏡仔是上島優介。

接著在一旁露出爽朗微笑的則是倉本蓮次，我的兒時玩伴。

他們兩個再加上我總共三人，就是年少氣盛的新銳冒險者三人組「自由人生」。雖然由我自己這樣說也有點害羞，但在同輩份的隊伍裡，我們算是相當優秀。

全員等級均已封頂，裝備也相當充實。加上成員彼此的性格也很合拍。至少和那種「只會在網路上交流」的隊伍相比，我們有自信能進行更好的合作。

不過，現在的我們看起來依舊是乳臭未乾。

對於屢次的尋寶失敗，另外兩人也在我對面坐下。

「原本以為這次一定能中獎的啊。」

「這是第幾次啦？」

「第四次喔，第四次。第四次徒勞無功！」

「明明這次看起來是真情報啊。」

「就是說嘛！和 Wiki 上提到的真品幾乎一模一樣！從筆跡到羊皮紙的材質，根本就如出一轍！」

「就是為了讓人分辨不出來才叫做假貨啊。」

「啊～～～～！」

優介抱頭在地上打滾。

畢竟這次尋寶最興奮的就是這傢伙了。

這是真品，終於抽到頭獎了，他從好幾天以前就亢奮得呼吸紊亂。

沒想到卻撲了個空，就算想接受結果也無法釋懷吧。蓮次倒是表現得淡然，優介這傢伙則是毫不掩飾不甘心的心情。

「別這樣嘛，包含不甘心的心情，這才叫尋寶啊。」

「出現了出現了，帥哥風格發言！」

「我尋寶尋得很開心喔。」

「可惡啊啊啊啊啊啊！」

被小蓮的笑容直擊，越發激動的優介開始在地上打滾。

一面笑著守候這樣的優介，小蓮在遺跡的凹坑裡放入一些枯樹枝，製作出簡易的窯後生

了火。

「要不要喝點咖啡？」

以這句話為契機，我們決定小憩片刻。

「話說回來，『蒼之騎士團』好像垮台了耶。」

「真的假的！咦、咦、為什麼又來？」

「就起內鬨了啊。你回想一下，之前不是有提到戰爭勝利的事情嗎？」

「啊，有有有！」

「為了分配戰利品，導致了流血不斷的爭執……」

「好可怕～！真假，真的超可怕啊！」

「那些成員們後來怎麼了？」

「好像走的走散的散了。或是有能力的傢伙就加入其他隊伍之類的。」

「不再重新組隊啦？」

「哎呀～辦不到了吧。我聽說反而是看到昔日夥伴就會殺上去的狀態喔。」

「我們抱著輕鬆玩的態度組隊真是太好了呢！」

「雖然你看起來有點動真格就是了。」

在虛擬現實的遺跡中生起虛擬的營火，沖泡虛擬的咖啡後再品嘗。坦白而言，味道和香氣都稱不上好。即使如此仍能充分感受到氣氛，我們浸淫於戶外活動的氛圍，暫時享受歡談。

約莫是杯中物告罄時，優介像是總結般開口說話。

「好了，接下來要做什麼？」

「什麼做什麼？」

「還用得著問嗎？當然是下一個目標，下一個目標！」

「你太性急了吧？」

「你在說什麼啊，貴大！才剛想著暑假開始了，結果後天就要開學了！再這樣慢吞吞的話，我們的青春就要結束了……！」

「優介你太誇張了啦。」

小蓮雖然笑得悠哉，實際上，我們確實沒什麼時間了。

我們三個已經是高中二年級。暑假也接近尾聲，終於必須開始認真思考將來了。

像這樣生活的時間想必也會逐漸減少吧。

甚至，會停止玩這個遊戲也不一定。

（如果變成那樣的話，「自由人生」也形同虛設了呢。）

自由自在的生活就到此為止，接下來只能在現實中過活。

在變成那種情況以前盡情享受各種快樂的事情吧，優介其實是這個意思。他雖然有些急性子，但我十分理解那種心情。

「那要做些什麼好呢？小蓮有沒有想做的事情？」

「好想跟傳說中的混沌龍打一架看看喔。」

「意外是個戰鬥狂耶……優介呢？」

「當然是繼續尋寶啊。」

「「這你就放棄吧。」」

「為什麼啦——！」

圍繞著營火，熱熱鬧鬧，喧嘩騷動。

其實我們沒有特別要擬定計畫的念頭，只是單純想要延續彼此之間的對談而已。

延續這份彷彿會永遠持續下去，卻總有一天會告終的日常。

我們裝作不知情的模樣，像是小狗般歡笑喧鬧著——

「唔！」

「怎、怎麼了？」

最初察覺異狀的是小蓮。

接著，優介驚慌失措地站起來。

「是特殊魔物嗎？」

不敢大意，我警戒四周，擺穩架式。

（就地面震動和異常的氣氛看來……）

肯定是強大的魔物正在接近。說不定是龍那類的生物。

儘管我認為是如此……

「……沒東西？」

我的感應技能卻沒有任何反應。

別說是龍了，連一隻史萊姆都沒看見。

然而未知的震動仍在持續，我們甚至已經無法妥善行走。

「是ＢＵＧ嗎！還是隱藏活動？」

「感覺好像不是。」

「可惡，腳、還有地面都……！」

究竟是怎麼回事？石質地面好像沙子般無法支撐住體重。

不，不是「好像」沙子。就是沙子。地面變成沙子了。

遺跡地面一點一滴的化為沙粒。我們三人被埋沒到膝蓋的高度，逐漸被吸引至中央地帶。

「是流沙嗎！」

「不行、沒辦法掙脫！」

「再這樣下去的話……！」

會被沙子掩埋，走向死亡結局！

角色死亡後會出現懲罰機制，持有物品和金錢都會按照比例被扣除。

就算深知這個規定，我們卻已經無能為力──

「「「嗚哇啊啊啊啊啊啊啊啊啊！」」」

突如其來的崩壞，以及被捲入其中的我們。

究竟是地板脫落了，還是原本就存在著陷阱？

總之我們被沙子吞沒，不斷地不斷地往下墜落。

「到底是怎麼一回事啊！」

「嗚哇，嗚哇哇！」

視野天旋地轉。暈眩到簡直作嘔的地步。

儘管能聽見小蓮和優介的聲音，視界卻一片黑暗，全是沙子。

（到底是什麼，又發生了什麼事情？）

唯一能明白的就只有不斷墜落這件事。

永無止盡，永無止盡，永無止盡地落下——

墜落，墜落，墜落，墜落到地獄的盡頭——

而後，大約是抵達有些明亮的地方時，我們戰戰兢兢地睜開眼——

「騙人的吧？」

不禁呼喊出聲，差點就吐出來了。

這種懸浮感，強風切過的聲音。以及在頭頂上燦爛閃耀的太陽！

不會錯的。這裡是……！

「天空？」

「我們、在空中嗎……！」

沒錯，這裡是高空上方。

比雲朵還更加高遠，強風刺骨，正是平常抬頭仰望的高高藍天之上。

到底是為什麼，又究竟是怎麼回事，我們為什麼會被扔到這種地方來啊！

「這是在搞什麼鬼啊啊啊啊啊！」

「會死！這絕對會死掉啦！」

優介和我瞬間陷入恐慌，死命揮舞著手腳。

然而於事無補。我們依舊持續往下掉。

「魔、魔法！我用魔法想想對策！」

「辦得到嗎？」

「我不知道——！」

「那由我來吧！」

「辦得到嗎？」

「我不知道——！」

「「嗚哇啊啊啊啊啊！」」

人類要是陷入這種危機也束手無策了。

無能為力的我們只能持續吼叫，在這期間，地表仍毫無慈悲地逼近我們。

（再這樣下去……！）

會死。我無比真實的意識到這點，早就忘記自己處於虛擬現實的世界了。

說什麼也不想遭遇這種下場，可是身體依舊在墜落，腦袋始終一片空白。

莫非會在找不到對策的狀態下就這樣墜落而死吧？我如此心想。

「登出就可以了吧。」

唯一保持冷靜的小蓮輕輕說出這句話。

聽聞他淡然的低語，我和優介一臉呆滯地望向他。

「登出的話就能結束這詭異的情況了。」

「對、對耶！」

「不愧是小蓮！」

我和優介恍然大悟地拍拍膝蓋，立刻打開系統選單。

然後按下登出的按鈕，三人一起笑著大喊。

「「「登出！」」」

經過了數秒。

我們依舊在往下掉。

「「「…………」」」

再次默默按下登出按鈕。

我們依舊在往下掉。

「等等等等等等，為什麼啦！」

「故障？這種時候偏偏連續出包？」

「總、總之，船到橋頭自然直嘛。」

「直不了啦——！絕對直不了啦——！」

「嗚哇嗚哇嗚哇！地面！地面好近啊——！」

「用【物理減輕】的防護罩之類的，不知道有沒有效果？」

「就是那個！【奧利哈鋼．皮膚】！」

「拜託千萬要趕上啊啊啊啊啊啊啊～～～～～～！」

銀色的光輝逐漸包裹身軀。

此時此刻，大地仍逐漸逼近我們。

我們發出不成字句的呼喊——

接著三個人一起墜落到不知為何處的荒野。

—2—

「到底是什麼情況啊……」

「好驚險刺激的體驗喔。」

「現在是光靠一句話就能了結的情況嗎？」

從上空墜落的我們只露出一顆頭，其餘身體全埋進土裡。

還真是超現實的光景。不知情的人撞見的話想必會嚇一跳吧。

然而我們甚至忘了要從洞裡爬出來，只是開始討論起「某件事」。

「感覺很奇怪啊。從剛才開始就不太對勁。」

「是啊。總覺得和至今為止不一樣，特別不一樣。」

「格外真實的意思嗎？」

「對對對，就是那個。」

我和小蓮面面相覷，兩人歪歪頭。

沒錯，遺跡的流沙地獄確實也很古怪，但那本身並沒有什麼問題。

「為什麼會這麼……」

「這麼有真實感呢？」

我們互相盯著彼此的臉。

總覺得，非常的……栩栩如生。絲毫感覺不出這些是人造的產物。

這裡明明屬於虛擬現實，卻彷彿真實世界一樣——

「不行啊！」

「優介？」

「怎麼了怎麼了？」

「全部都沒辦法啊！」

「什麼沒辦法？」

「登出、呼叫GM，全都沒辦法！也沒辦法聯絡好友！」

「咦！」

他從剛才起就操作著系統選單，一面發出喃喃自語。

看來他是在著手調查目前的異常狀況。並且用盡了各種方法向他人求助。

「@wiki 怎麼樣？那個不是有布告欄的功能嗎？」

「沒辦法，顯示成離線狀態了。不如說，目前在這裡的好像就只有我們三個人而已。」

「什麼意思？」

「瞧，你看看好友清單。全部的人都變成離線狀態了對吧？」

「嗯。」

「換句話說，其他人都不在這個世界。這樣的話使用【呼叫】也無法聯繫。」

「等等，那樣不是很奇怪嗎？至少一定會有人在線上吧！」

「所以我才說很奇怪啊！也聯絡不上營運，怎麼想都不可能！」

優介火冒三丈地甩著頭，大喊出聲。

如果是平時的話我們會勸告他別太吵鬧，這次卻也沒那餘裕了。

（除了我們以外，這個世界沒有其他人？）

那不可能。不可能才對。

這個ＶＲ遊戲，《Another World Online》可是平時有數萬名玩家在線上。我們認識的人們也來來去去地登入遊戲，現在無法聯絡上任何人的狀態幾乎可說是無法想像。

（可是現在使用【呼叫】也聯絡不上營運。）

作為緊急情況用聯絡手段的呼叫ＧＭ也沒有反應。

追根究柢，竟然會無法登出，這遊戲是不是出了什麼問題？

（是事件？還是事故？）

優介喃喃自語，我則在一旁陷入沉思。

我們的表情逐漸變得晦暗，卻無法阻止心情繼續消沉——

「好！」

有人發出了大喊。

朝聲音的方向看去，小蓮露出了自信滿滿的表情。

（該不會他想到什麼好點子了？）

我和優介的表情登時明亮起來，目光滿是期待地看著小蓮。

然後小蓮笑著點點頭。

「總之，我們先從洞裡鑽出來吧！」

唉，他說的確實是好點子沒錯啦。

「嗯～身體構造也和現實世界一樣。連身上痣的位置都相同。」

「但是可以使用技能，也能確認能力值。」

「意思就是我們還處於虛擬現實嘍？」

「應該是沒錯啦。」

「可是果然還是沒辦法登出，也聯繫不上ＧＭ。顯示為登入狀態的只有我們而已……到底是為什麼啊？」

「「「嗯～……」」」

即使先從洞裡爬出來了，我們三人的疑問仍然沒獲得解答。

格外具有真實感的外觀。格外具有真實感的五感。但我們維持著冒險者的裝扮，也能使用跟遊戲相同的系統清單和技能。

「只有我們被傳送到別的ＶＲ世界裡之類的？」

「你說我們可能被傳送到《Another World Online》為基礎的更有真實感的遊戲？」

「沒錯沒錯，就是這種感覺。」

「是有可能啦……」

「那把我們傳過來的理由是什麼？」

「「「嗯～……」」」

沒有人會蠢到用這種方法聚集玩家吧。

但是找不到其他足以說明的理由，我們只能歪著腦袋——

「……嗯？」

「怎麼啦？」

「貴大，那是什麼？」

「啊？」

小蓮指指我的大腿附近。

出了什麼事嗎？我一邊心想，伸手摸了摸，感受到某種溫熱的觸感。

「……血？」

是鮮紅的血。該不會我受傷了吧？

確認般地撫摸後，這次傳來像是遭受突刺的痛覺。

「好、好痛啊啊啊啊啊啊！」

搞什麼鬼啊！

虛擬現實可不會有這種等級的痛覺啊！

「嗚噁！你的皮肉都翻出來了耶！」

「應該是掉下來的時候弄傷的吧。」

「真虧你沒察覺到……」

「人在亢奮狀態時好像會分泌出腎上腺素喔。」

「隨便怎樣都好，快點放【治癒】啦，【治癒】！」

搥了一下直直盯著我傷口的兩個蠢蛋的頭，我讓優介替我施展了回復魔法。優介慌慌張張地吟唱【治癒】後，大範圍的傷口終於逐漸癒合，同時間，銳利的疼痛感也開始緩和。

確認傷口復原後──

我總算拭去浮上額頭的冷汗。

「啊～還以為死定了。」

「有那麼痛喔？」

「超痛的！痛到沒人性的地步了啦！」

要做比喻的話就像是被鐵鍬剜挖，然後在傷口上灑鹽一樣。

「啊，不行了。腦袋昏沉沉的。」

「是貧血嗎？畢竟剛剛流了很多血。」

「貧血～？不，那不可能吧。這裡是ＶＲ耶。」

「啊，說的也對。」

小蓮的性格有點天然呆，偶爾會蹦出這種話。

在虛擬現實裡貧血是哪招啊。雖然看起來受傷了，現實世界裡可是一滴血都沒流。我在現實生活裡的身體可是活蹦亂跳的才對。

（但是卻真的頭昏腦脹的。）

難道不只是心情上的問題嗎？

那還真是有真實感，當我感到困惑時……

「我懂啦！」

「嗚哇！」

「我懂了，貴大、小蓮！」

「什麼啦。」

優介忽然發出聒噪的鬼叫。

接著看向我們，一臉興奮地訴說：

「這裡不是虛擬現實！是異世界啦！」

「異世界？異世界是……什麼？」

「是新類型的虛擬世界嗎？」

「不是啦——！完全不一樣！」

我和優介滿臉疑惑，面面相覷。

優介把我們兩個晾在一旁，興致越來越高漲。

「這裡不是我們生活的真實世界，而是其他的真實世界！也就是所謂的平行世界，大概是那樣的感覺啦！總而言之就是……啊啊，反正就是異世界啦，異世界！我說是異世界就是異世界！」

「你說的那個，是動畫的主角常常陷進去的那種地方嗎？」

「沒錯！就是那個異世界！現在我們正是迷路到『和遊戲如出一轍的世界』裡頭啦！」

「異世界……的確，這裡看起來不像是虛擬現實……」

小蓮的臉上難得掛著不安。

我恐怕也正露出一股難以言喻的表情吧。

（畢竟，你雖然說什麼異世界的……）

那種事情哪可能發生啊。

就算動畫和電玩裡經常出現，那也不代表現實也會遭遇這種事情。

可是剛才受到的疼痛怎麼想都很真實——

「…………呀啊啊啊啊啊啊！」

「「「！」」」

當我們尚未釐清非現實的情況而杵在原地時。

聽見了遠方傳來的悲鳴聲。那是女孩子發出的高亢叫聲。

「發、發生什麼事了？」

從剛才起就處於亢奮狀態的優介因為這不尋常的叫聲而臉色發青。

我也跟他一樣。完全搞不清楚發生了什麼事，只能朝聲音傳來的方向，緊緊盯著長滿闊葉樹木的遠方森林裡。

「來人呀啊啊啊啊啊！誰來、誰來救救我啊啊啊！」

聲音比起剛才聽得更清楚了。

無法看見身影。雖然看不見身影，但有人正遭遇襲擊。

現在聽見的正是幾乎能讓人眼前浮現如此光景的尖叫聲。

「…………」

「喂！」

「小蓮？」

安靜聆聽叫聲的小蓮突然拔劍開始奔跑。

我和優介則像是追逐他般一同朝森林邁進。

「快點來人呀啊啊啊！」

悲鳴聲越來越大。

伴隨著聲音，異常巨大的軀體在樹林之間若隱若現。

（是魔物嗎？）

那是在虛擬現實中已經看慣，在真實世界裡卻從未見過的對手。

聽見魔物低吼聲的我，著實感受到背後傳來的汗水濕黏感——

那種不快的觸感，更加深了這裡就是真實世界的實感。

—3—

有種魔物被稱為「森林裡的熊先生」。

是棲息在森林裡，一旦發現迷路的人就會追上去的熊型魔物。

這種魔物以出自好似童謠般的習性所命名的名字而廣為人知，然而——

實際上的姿態，則是與那奇幻的外號天差地遠的怪物。

「咕咕……♪」

「討厭、別過來，別過來呀！」

飛奔進森林裡後，怪物立刻現身在遼闊的場所。

那是陽光充沛，擺放著些許木柴的廣場。

那裡有著栗色頭髮的女孩，以及黑色大熊。

「喂、喂！那個！」

「嗯，我看到了……！」

那種虐待狂般的笑容，我有印象。

那傢伙是森林大熊。等級八十級的特殊魔物。

身型巨大卻擅長隱密行動和跟蹤，是那種回過神來才會發現牠跟在身後的傢伙。

（那孩子肯定也是一樣。）

被逼得求生不得求死不能，盡是被魔物追趕著團團轉吧。

小小的手腳滿是擦傷，靴子則沾滿了泥濘。

「不快點去救她的話……！」

「不，等等！」

「優介？」

「這裡可是現實喔！在真實世界裡哪可能贏得了那種怪物！」

「但是……」

不知道。我連有沒有辦法戰鬥都不得而知。

我們是等級兩百五十級的封頂玩家。和對方有足足一百七十級的等級差距，原本是可以輕鬆獲勝的對手。

然而，這裡可是會受傷也會流血的真實世界。

我們的常識在這裡究竟可以通用到什麼程度？說到底，那真的是森林大熊嗎？我們對此刻的狀態可說是一無所知。

「咕吼吼吼……！」

「「………唔！」」

從腹部裡響徹而出的鳴聲，以及飄散在空中的野獸臭味。

大熊認清我們兩個人的身姿，發出了明顯是威嚇用的叫聲。

（果、果然還是不行。）

如假包換的感受。在遊戲裡，不，甚至在現實裡也不曾經歷到的真實感。

森林大熊並非只是「敵方角色」，而是具備了凌駕於「野生動物」之上的魄力，這個當下正與我們正面對峙。魔物只存在著殺氣與敵意，不習慣這種局面的我們立刻縮緊了身軀。

（可惡，但是……！）

「救救我……！」

要是放置不管，那個女孩就會被熊吃掉而死。

那是如此逼真的現實。是確實會面臨的未來。

並且，能夠扭轉局勢的，只有出現在此時此地的我們而已！

「可惡啊啊啊啊啊啊啊！」

「貴大！」

「打倒你！看我打倒你！」

我抽出腰間上插在刀鞘裡的小刀，眉間緊皺，凝視著大熊。

（辦得到！我可以辦到！）

這種雜兵怪，看我秒殺你！根本連技能都用不著！

僅僅一直線衝刺，把你從肩膀到腋下斜劈成兩半！

「喝啊——！」

沒錯！就像這樣！

（……等等。）

「「小蓮！」」

我正打算要飛奔出去時，身邊的小蓮卻搶先一步往前衝。

小蓮握著出鞘的劍，面向身高足足有兩公尺的大熊，從正面展開了突擊。

對於有勇無謀的兒時玩伴，我拚死地伸出手——

「等一下……！」

「喝啊——！」

撕裂——！

「咕嘎——！」

倒下——！

「…………」

接著現場只剩下沉默。

大熊化為魔素的煙霧消失無蹤，野獸的臭味也在同時間消散了。

我和優介，以及栗色頭髮的女孩像是雕像般僵硬在原地。

在這近乎冰凍的空間中，只有小蓮能夠活動自如。

「呼～能趕上真是太好了。」

小蓮大概也處於緊張狀態吧。

只是該怎麼說呢，擦去汗水的帥哥，這場面未免也清爽到不合時宜了吧。

「喂～我打倒大熊了喔～！」

小蓮揮揮手。但是我和優介還是動彈不得。

「妳有沒有受傷？沒事吧？」

小蓮接下來向女孩搭話。

只是，果然，在這種急轉直下的場合——

即使想要立刻回話，也不是想做就能辦到的。

「這麼說，大家是冒險者嘍？」

「嗯，是啊。」

擊敗森林大熊後又經過了一段時間。

冷靜下來的我們在森林空地裡和那位女孩子展開對談。

「你們果然是為了打倒那隻熊才來到森林裡的嗎？」

「不，其實不是。我們應該算是迷路了才會來到這裡。」

「迷路了？」

「我們是被轉移魔法傳送過來的。」

「原來是這樣啊！」

栗色頭髮的女孩莫妮卡發出大大的驚訝聲。

（這女孩的表情還真是千變萬化啊。）

年齡看起來是國中生左右，實際上說不定更為年幼。

（怎麼說，人種看起來好像也跟我們不一樣就是了。）

看起來是白人，但完全不知道是出自哪個地域。

對於這種孩子，實在難以猜測對方的年紀。

「轉移魔法啊……你們是從哪裡被傳過來的呢？」

「應該是東邊的方向……這裡到底是哪呢？」

「這裡是波拉利亞的南邊喔。」

「波拉利亞？」

「你們沒有聽過嗎？」

「沒有聽過呢。」

「這樣啊……」

（在說謊呢。）

竟然不知道波拉利亞在哪？怎麼可能啊。畢竟在來到這個世界以前，我們原本的所在地就是波拉利亞地區啊。

但卻說不知道，這就代表——

（我們是想要裝作不知情。）

佯裝成什麼都不知道的模樣，藉此向這孩子打聽各種情報。

小蓮乍看之下呆呆的，意外也有相當強韌的一面。

「話說回來，你們是冒險者呢。」

「冒險者怎麼了嗎？」

「不，我是第一次遇見冒險者。」

「咦？冒險者……到處都有吧？」

「並不是哪裡都有的喔！我聽說冒險者只會前往特殊的地方……像是迷宮、鄰近狩獵場的村莊等等。」

「莫妮卡的村子裡沒有冒險者嗎？」

「是有以前從事過冒險者的人。像是因為受傷而引退的人之類的。」

「原來是這樣啊。」

（冒險者，要說有是有呢。）

（好像是這樣。）

優介小聲地向我搭話，我也小聲地回應他。

這世界該不會沒有冒險者吧？我有一瞬間這麼猜測過，看來是有的。

照這個走向，或許《Another World Online》裡頭的常識幾乎能原封不動的適用於此。

「不過，現役的冒險者原來這麼厲害呀！那個像是惡魔一樣的大熊，你們竟然輕輕鬆鬆就打倒了！」

「沒有啦，只是湊巧。剛好砍到要害而已。」

「即使是這樣也十分出色了！」

「沒這回事啦。」

「很厲害的！」

情勢穩定下來後，莫妮卡不知怎麼興奮起來。

她的眼睛閃閃發亮到淺顯易懂的程度。而那熱情的眼神釘在小蓮身上毫不放開。

（啊～這該不會是……）

暈船了啊。正是所謂的一見鍾情。

哎，畢竟小蓮就像是圖畫裡描繪出來的帥哥。被這種對象所搭救，就算不是莫妮卡也會喜歡上對方吧。

（何況在現實世界裡也是這樣。）

打從有意識以來到現在，我們不知道見識過多少次這種光景了。

面對這種差不多要看到厭煩、完全沒有新鮮感的「命運的相遇」，我用著死魚眼般的眼

神茫然地旁觀。

「真的真的很感謝你，蓮次先生！」

「用不著那麼畢恭畢敬的啦。」

「不！無論如何都要好好答謝您才行，請、請來一趟我們的村子吧！」

「可以嗎？」

「是的！務必、請務必來一趟！」

「這些傢伙一起去也沒關係？」

「當然沒問題！」

莫妮卡雖點著頭，但眼裡果然只有蓮次。

（大家好，我是附屬品A。）

（我是B。）

我和優介小聲地對談，總覺得莫名空虛。

不過，按照這種輕快的節奏展開話題已經很令人感激了。看來今天還能免於露宿，更是讓人感激不盡。

「那就打擾你們了，可以麻煩妳帶路嗎？」

「好的，我們村子是往這個方向！」

俗話說破涕為笑，莫妮卡精神洋溢地牽起小蓮的手。

「兩位也請快點啊～！」

她姑且有呼喚我們，但果然眼裡還是只有小蓮。

「可惡……為什麼！為什麼總是這樣！」

「啊？」

「我們明明是三人組，為什麼女孩子總是只向小蓮搭話！」

「因為他是帥哥啊。」

「少說那種沒根據的話啦！」

優介感到憤慨。唉，這也是稀鬆平常的反應了。

他即使感到不甘心卻也不會做出什麼異常舉動，這點也是照常運轉。

「可惡，我也好想被感謝。好想被女孩子吹捧上天！」

「不行不行，我們不是那種料啦。」

「貴大，你難道就不會不甘心嗎！」

「我已經習慣了。」

「你這被調教習慣的路人哥！」

你一言我一語，我們還是跟隨在小蓮的身後。

在這無法習慣卻好像又看慣了的，不可思議的森林之中——

我們一路朝著莫妮卡的村落邁進。

—4—

從沒聽過卡洛克村這個村子。

這是開拓森林土地後所擴展的農村。人口約百人程度的小村落。

（我印象中明明沒有這個村落啊。）

假如和《Another World Online》相同，這個地區應該只會有森林和荒野才對。

（和這裡有段距離的地方可以找到族館城鎮就是了。）

這個世界裡也有那座小鎮，這點倒是和遊戲相同。

「看似一樣卻又有所不同啊。」

還是不太明白其中的道理。這點總讓我感到忐忑不安，我粗暴地抓抓頭，朝向夜空吐出一口嘆息。

「嗨，貴大。你在這裡啊。」

「優介。」

回頭一看，那裡站著損友的身影。

他的模樣看來是充分享受了三溫暖。皮膚既光滑又水嫩，標誌性的亂翹自然捲還沾著水氣。

「哎呀～蒸氣浴還真是個好東西，不知不覺就待太久了。」

「再怎麼說也太久了吧。你是待了幾十分鐘啊。」

「大概一小時左右吧。哎呀，不過在這之間也有泡在河裡。」

「真虧你能辦到這種事。」

「我記得你好像討厭冷水浴？」

「對啊——洗澡就是要熱水才叫洗澡吧。」

「你是老爺爺嗎？」

「少囉嗦——！」

優介嘻皮笑臉地和我打鬧，然後坐在椅子上。

我倚靠在陽台的扶手旁，再次發出小小的嘆氣。

「現在不是能悠悠哉哉的時候吧。」

「別這麼說嘛。就樂觀點吧。」

看著笑著這麼說道的優介，看向他，總覺得情勢的棘手程度似乎也逐漸減輕了。

（明明是轉移到異世界什麼的這種莫名其妙的局面。）

卻感覺像是來趟旅行一樣。

我們之間的互動就是讓人產生了這種心情。

「久等啦！」

「哦，小蓮也回來啦。」

想說優介回來了，沒多久，小蓮也歸隊了。

村人提供給我們一間用來代替住宿用旅館的井幹式木屋，目前正好是無人居住的空屋。

我們坐在陽台的椅子上，再次彼此面對彼此。

「好，那麼就來整理現況吧。」

「嗯。」

「了解。」

打從墜落至荒野直到現在，最少也經過了半天以上。

我們決定在此統整一下這段期間所明白的情報。

做出這個提議的優介清清喉嚨，頂著認真的神情開口說道。

「首先先由我來說吧。果然還是連不上網路。完全是離線狀態。但是系統選單沒有出問

題，好像還是可以使用。」

「但是這個世界的人好像沒辦法叫出系統選單的樣子。我們還是不要別在外人面前叫出選單比較好。」

「啊～說的沒錯。剛剛把替換衣物拿出來時，其他人也嚇了一大跳，問我『你是從哪裡拿出來的！』。」

「盡可能避免使用道具欄吧。」

「贊成。」

「是啊。」

雖然很麻煩，不過也無可奈何。

「那，接下來換我。我回到那個荒野做了很多嘗試。」

「嗯。」

「像是等級、職業、技能或能力值之類的東西，都和遊戲裡的狀態一模一樣。我的話，無論哪種魔法都能正常使用。」

「這樣的話，感覺我們至少不會遭遇一點小事就掛掉。」

「感覺不只是這樣喔。我詢問了一下村裡的人們，這個地區的居民平均等級似乎只有五十級左右。」

「『真的假的！』」

「真的真的。所以他們才會說森林大熊是惡魔啊。」

「ＮＰＣ的等級不是應該更高嗎？」

「難道不是這個地區的等級特別低嗎？」

「不，關於這點啊。在都市裡，好像只要超過一百級就被認為是一流了。」

「真的假的啊……」

在這當中，我們三人的等級都是兩百五十級。

這可不是光用有落差就能解釋的等級。根本是超人或怪物的範疇了。不適當放水的話，就某方面而言可能會引起不必要的注目。

「看來目前還是以冒險者的身分低調活動比較好呢。」

「附近的城鎮好像有公會。去那裡問些更詳細的情報吧。」

「是啊。畢竟應該是沒辦法直接使用這張卡片。」

優介說道，他拿出來的是一塊發出淡淡光芒的小板子。

是冒險者卡片，也能當作身分證。不過既然是遊戲世界裡發行的東西，在這個世界裡恐怕也無法直接使用吧。一個不小心說不定會被認為是仿造品。

「總之先說明我們的情況，再請他們發行新卡片給我們。」

「要隱瞞實情到什麼程度？先仔細想一下設定會比較好吧？」

「關於這點，就說我們是被轉移魔法傳過來的吧。」

「這個理由比較不會引發問題呢。」

小蓮和我拉近椅子，靠近彼此小聲對談。

首先是在這個世界的身分問題。即使決定作為一個冒險者，出身地、又為什麼會到這裡來，必須事先準備好對應這些問題的理由才行。

並且還要讓對方接受這些理由，讓他們發行可以在這個世界通用的冒險者卡片。

「……嗯？」

我察覺到優介從剛才起就安靜過頭了。

他按住嘴巴，肩膀頻頻發顫。

（這傢伙怎麼啦？）

該不會有什麼在意的事情吧？

擔憂他的我們正打算伸手拍拍他的肩膀時……

「太好啦啊啊啊啊！」

「「嗚哇！」」

被他那爆發般的狂喜給震懾，身體不禁往後仰。

「你是怎樣啦。」

「怎麼了嗎？」

「還用得著問怎麼了嘛！」

優介喜色滿面，眼睛閃閃發亮。

「在像是遊戲般的世界裡等級封頂，怎麼想都是人生勝利組啊！」

「是、是喔？」

「是啦！無論遭遇什麼事情都是超級輕鬆模式啊！」

「嗯，這樣說也沒錯啦。」

「對吧？沒錯吧！那隻熊也是一下子就被秒殺了喔。」

「對啊，然後被村人大大感謝了一番。」

「就是這個！能夠輕鬆打倒怪物的力量，就掌握在我們手中啊！」

說不定是這樣。不，一定是這樣沒錯。

如今我們正具備了故事裡的主角或是英雄般的力量。

「乾脆就定居下來啦，定居！把附近的巨龍給宰了，然後和被囚禁的公主展開『昨天晚上過得很愉快呢』的情節吧！」

優介感慨千萬，甚至說出了這種話。

他的意思是要有效利用這股力量，過上美好的生活。

這聽起來或許很不賴。妥善運用的話，地位、名譽、甚至是財富，想必可以獲得任何渴望之物才對。那些都是在原本世界難以得手的東西，如今有了這作弊般的力量，這可是只有在這個世界才能發揮的能力。

（不過啊……）

那樣做真的好嗎？這真的是我們所嚮往的嗎？

重要的糾結點繫在心弦，我無法像優介那樣滿心歡喜。

「原本世界的事情該怎麼辦？」

「啥？」

「我的意思是，日本的生活該怎麼辦。」

「鬼才知道啊啊啊啊啊啊！原本世界根本是糞GAME！怎麼看怎麼想都想不到能比現在還好的點！」

「可是，我果然還是不想和家人分開呢。」

「唔咕！」

小蓮難得露出憂愁的神情，低低吐出這句話。

「優介也會再也見不到賽希爾喔。」

來。

「唔唔唔！」

賽希爾。那是優介相當寵愛的茶色玩具貴賓犬。

多半是被提及後才總算想起這件事，直到剛才為止還呼吸急促的優介總算漸漸冷靜下

來。

「說的……也對。這個世界沒有賽希爾啊。」

「對啊。我的家人也不在這裡。貴大也是一樣吧？」

「嗯？啊，嗯啊。算是吧。」

老實說，我並沒有那樣的牽掛——

不過這兩個傢伙都說要回去了，只有我說要留下來也不太合理。

「總之先以回去為目標吧！」

「……嗯！」

「雖然還不知道有沒有回去的方法就是了。」

「總會有辦法的吧？」

「聽貴大這麼說，真的有總會有辦法的感覺呢。」

「是啊！」

滿天星空之下，我們看著彼此的臉龐，互相歡笑。

真的有辦法回去嗎？這個世界究竟是怎麼回事？雖然一無所知。

（但只要三個人一起的話，總會有辦法。）

出自這毫無根據的自信，我們持續發出開朗又明亮的笑聲。

「各位，你們已經要離開了嗎？」

「嗯。」

「再待久一點也沒關係的呀。」

「抱歉喔，莫妮卡。」

「蓮次先生……」

尋找可以回到原本世界的方法吧。

做出這個決定的我們決定隔天就踏上旅程。

（畢竟待在這裡也於事無補啊。）

話雖說得殘酷，事實上就是如此。

待在這裡的話，可收集的情報量極其有限。我們必須前往規模更大的城市，理解更多有關這個世界的情報才行。

為此，首先必須離開這個村落，雖然我是這麼認為的……

「不要走啊，蓮次先生！」
「我們還沒有報答您呢！」
「是啊！再多住幾天嘛！」
（嗚～哇～……）
但我們急著啟程的理由其實是這個。
出現了出現了，村裡的女人從四面八方湧過來，全部圍繞在小蓮身邊。
（帥哥果然很不得了啊。）
這局面簡直要勝過原本世界所看見的光景。
畢竟這個世界連電視也沒有，婦女們想必對美型男沒有免疫力吧。
話說回來這些熱烈追求也未免太厲害了，小蓮的氣勢也被壓了過去。
「好啦，要走嘍。」
「貴大。」
「沒錯沒錯，事不宜遲，趕快出發吧。」
我和優介分別繞過小蓮的兩邊腋下，扣住他的手，總算從女性集團中把他拖了出來。
女人們傳來的不滿抱怨聲就無視吧，無視。比起這些，從遠方傳來散發出殺氣的男人們的視線反倒比較可怕。我們決定趕在殺意轉變成柴刀或長槍那種危險武器之前快點離開村

子。

「那麼，打擾各位了。」

「後會有期～！」

道別的話語也相當簡短，我們快馬加鞭地落跑了。

從村落廣場移動到森林之中。從森林之中移動到平原。約莫移動到道路附近後，我們總算停下腳步。

「呼哈～好累～！」

「那是因為你們趕路趕得太過火了啦。」

「你以為是誰害的啊？是誰害的？」

優介大口大口喘氣，小蓮則是一如往常般悠哉。

我側眼瞥了他們兩人一眼，轉而望向持續朝南邊延伸的道路。

「我說，是這條路沒錯吧？」

「什麼？啊～沒錯沒錯。就是那個方向。」

「我記得是先往南走，再往西？」

「那樣感覺比較安全。往東走的話會比較麻煩。」

我們現在位於波拉利亞地區上。

對應原本世界的話，大概是在波蘭的位置附近。

（畢竟「亞斯」就是平行世界的地球嘛。）

光看地圖的話，兩者大部分都有共通點。

（只是……）

當然也有許多相異之處。

例如大陸中央是魔王的領地、中國附近有仙人在喝喝哈哈地打拳、日本則是處於群雄割據的戰國時代——這些都是《Another World Online》之中首屈一指的高難度區域，我們沒打算特地以這些區域為目標。目前先乖乖保持安全，慎重地朝向低難度地區前進吧。

（怎麼說，畢竟還不清楚究竟會和遊戲本身同步到什麼等級。）

我並不是孤單一人。小蓮和優介都在。

我相信只要是我們三個人，一定能回歸原本世界。

「那麼就出發吧！」

「嗯啊！」

「是啊。」

配合優介精力充沛的呼喊聲，我們向道路踏出步伐。

從這好似知曉卻又未知的世界。

邁向好似未知卻又熟悉的世界。

這就是大約橫跨了兩年歷程，我們旅程的開始。

同時，也是朝向訣別的第一步。

# 幕間劇　真實殘酷！異世界的飲食生活！

「我已經吃膩麵包了啦！」

轉移到異世界以來大約經過了一個月了左右。

在某個旅館城鎮的食堂裡，優介忽然煞有其事地叫了起來。

「麵包！麵包！水煮地瓜！麵包！麵包！小麥粥！」

「你在唱饒舌歌嗎？」

「才不是——！我是在說食物啦！」

「你的情緒起伏太奇怪了啦。」

我一邊發牢騷一邊啃著黑麵包。

（到底是對這些食物有哪裡不滿啊？）

雖然稱不上是絕品美食，但麵包浸泡到熱湯裡還是挺好吃的。

鹽漬高麗菜味道也不錯，為什麼會脾氣暴躁到那種地步啊？

「啊，你該不會是想吃米飯之類的？」

「對！就是那個！That's right！」

「看來是懷念起日本的食物了呢。」

「就是說啊啊啊啊啊……！」

優介開始嗚嗚嗚地假哭，蹭到小蓮身上。

什麼嘛，還以為發生什麼事，原來是這個理由。這傢伙是在飲食生活上得了思鄉病啊。

「但是也沒辦法吧，這裡又沒有白米。」

「東邊的敵人又很強很危險。」

換句話說就是只能乖乖啃麵包的意思。

我和小蓮透過眼神表達出這句話，繼續用餐。

「你們兩個要是看到這個還能保持冷靜嗎？」

優介卻狡猾地笑了，遊刃有餘地彈指一下。

「大廚！請把那個拿過來！」

配合他的話語，餐廳裡的大叔端了一個巨大托盤過來。

托盤上好像放著什麼。有點黑黑的，就外觀而言看起來賣相不太好。

「等等，這不是什錦燒嗎！」

嚇了一大跳。好久沒有像這樣打從心底感到驚訝了。

（真沒想到能在這裡看見這道料理……！）

老實說，我甚至作夢也沒想到。

香甜柔和的醬汁香味，不禁讓人嚥了口唾沫。

「好啦，請開動吧？」

「哦、哦哦。」

雖然看不太順眼優介洋洋得意的表情，但先別管他了，重點是什錦燒。

上頭刷滿大量醬汁，並擠上大量的美乃滋作為陪襯，我大大地張開嘴巴，將美食塞進嘴裡——

（好、好吃……！）

鬆軟的麵糊以及清甜柔軟的高麗菜。

豬五花肉的油脂更強調出食材的滋味，再由醬汁和美乃滋統合起來。

雖說是簡單的豬五花，卻是無與倫比的美味。睽違一個月所品嘗的故鄉風味讓我理解到身體和心靈都在顫抖。

「如何？很美味吧？」

「嗯——！嗯——！」

小蓮也難得欣喜若狂，點頭如搗蒜。

是啊，很美味啊。真虧優介有辦法為我們準備這道美食。

（……嗯？好像有哪裡不對勁？）

姑且不論麵粉和高麗菜——

醬汁和美乃滋是怎麼做出來的？

該不會店裡有在賣吧？不，我沒見過。

「呼呼呼——呼吼——」

「哼哼哼，先給我把食物吞下去再說話吧。」

「唔……！」

優介的跩臉還是一如往常令人火大。

但我還是無法自拔地想詢問什錦燒的謎題。

「這是怎麼做出來的啊？」

「什麼怎麼做的？」

「別裝傻啦。這裡沒有地方在賣醬汁吧。」

優介笑得好狡猾。

或許是自己也忍俊不住吧，他咯咯笑著，終於揭開真相。

「才不是買的，是我做的啦。」

「做的？你？」

「沒錯！我用調味料製作技能做出了醬汁！」

「「調味料製作技能？」」

我和小蓮忍不住把身子湊近他。

（那是什麼技能？）

好像有聽說過——

「就是顧名思義的技能啊。只要有材料，就算沒有專門工具和知識，一樣可以製作出調味料。」

「嘿～你就是用這個做出醬汁的啊？」

「沒有錯！其他像是魚露或是番茄醬之類的，我也做好了喔。」

「哦哦……？」

優介從道具欄裡拿出幾個瓶子。

莫非這全部都是這傢伙製作的調味料嗎？

「在遊戲裡雖然只是興趣取向的技能，但在現實世界裡可是實用技能啊。畢竟嘛，就連什錦燒醬汁的食譜都有記載！」

「真不愧是優介。你很擅長搜尋這種情報呢。」

「怎麼樣啊～？感到惶恐了嗎～？」

「「小的惶恐──！」」

面對手持＠wiki的優介，我和小蓮乖乖低下頭來。

受到此待遇的優介洋洋得意了好一段時間。

「好啦，既然明白這點了，你們也要來幫忙喔。首先是製作醬油。」

「咦？沒有材料吧？」

「吵死啦──！這點你們就要想想辦法啊！總之隨便去蒐集一些豆子過來啦！」

「麴之類的該怎麼辦？」

「哦，那個我已經做好了。」

「「你也太厲害了吧──！」」

優介在奇怪的領域上簡直優秀過了頭，我和小蓮再次為他獻上讚賞。

如此這般，他學會的調味料製作技能豐富了我們的飲食生活──

並且在數年後，甚至拯救了名為「滿腹亭」的餐廳──

哎，那又是另一段故事了。

END

# 第二章 異世界流浪篇

—1—

「不要啊啊啊啊啊啊啊啊啊啊！」

帝都蓋爾林引以為傲的要塞城堡裡，有陣急迫的悲鳴聲響徹雲霄。

那是女孩子的聲音。銀髮碧眼、穿著奢華服裝的少女癱軟在冰冷的石磚地上。

三個人包圍著她，分別有著異形般的頭部。

「找到了。」

「該怎麼做？」

「要是有人聽到聲音趕過來可是會很麻煩的。」

那群怪人的頭像是被掉包似的換成了鳥、狗、魚的頭部。

他們一面包圍少女輕蔑地看著她，交頭接耳地發出低語。

「啊啊啊……！惡魔……惡魔……！」

少女看起來隨時會失去意識。
蜷縮身體，留下淚水，死命地尋找逃亡之處。
然而周遭沒有任何人。沒有人能夠對她伸出援手。
說不定乾脆就這樣失去意識還比較幸福。就是這般地獄似的光景。
「妳是誰呀？」
「為什麼會在這裡？」
「叫什麼名字？」
「…………嗚！」
異形般的頭部貼近過來。無生氣的眼瞳窺視著她。
狗頭人吐出舌頭，魚頭人嘴巴開開合合——
鳥頭人則是大大地張開鳥喙。
「嘎嘎嘎嘎嘎嘎！」
發出怪鳥般的嘶吼！
「～～～～～嗚！」
無法忍受恐懼的少女終於暈眩，倒在地面。
但惡魔們當然不可能因此而離去。鳥頭人轉轉眼珠子，用嘴喙開始掀少女的衣服。

「少得意忘形了，笨蛋。」

「好痛！」

接著被魚頭人異形給——

更正，是我。佐山貴大。

被我給痛揍一拳，優介連同鳥頭按住自己的頭，跳了起來。

「好像有點做過頭了呢。」

苦笑著說出這句話的，是變成狗頭人的小蓮。

小蓮基本上是個紳士，他重新整理好少女的衣襬，並柔聲責備鬧過頭的優介。

「不不，但是我說啊～」

幹了這種事的優介好像也有話想辯解。

他泛著淚光，依舊碎碎念地嘮叨起來。

「這次也沒有任何收獲喔，做點解悶的事情也不為過吧！」

「但是也不該對這孩子動手吧。」

「話是這樣說沒錯啦。」

優介看來也在反省了吧。

他想必也明白自己犯了錯。

然而心情上還是想要抱怨，這點我也感同身受就是了。

「隨便怎樣都好，再不快點逃跑的話會被包圍喔。」

「咦？」

「追兵可是從裡頭一窩蜂跑出來了。」

「真的假的！」

這裡是帝都引以為傲的要塞城堡。更是王族居住的最重要區域。

現在可不是在這種地方舉辦反省會的時候。儘管我們都是等級封頂的玩家，也不該老是疏忽大意。

「看來是剛才的尖叫聲被察覺了。大家，做好應戰的準備吧。」

「感覺有點不妙啊。」

「是啊。和平常一樣，由我擔任誘餌和擾亂，你們快點逃。」

「哦、哦哦！」

「了解，加油喔。」

語畢，兩人潛入只有王族才知道的密道。

我將密道朝自己的方向關閉後，動了動脖子的關節。

（按照平常的套路進行吧。）

由我擔任誘餌來引開警衛的注意力，爭取那兩個傢伙脫逃的時間。

一旦他們傳來逃脫成功的聯絡，我再使用【隱形】技能，悠悠哉哉地離開城堡。

（畢竟那兩個傢伙不是斥侯職種啊。）

要順利逃脫的話，這是最妥善的方法。

（那麼……）

我把目光落在展開的地圖上。

多虧有感應系技能的效果，城堡內有怎樣的通路，哪個區域聚集了多少人，全都萬無一失地映照在我的眼裡。

（不愧是要塞城堡啊。）

代表敵人的紅色小點正朝我的方向接近，集結成一塊。

城門、城壁、乃至下水道，幾乎可說是能作為逃脫路徑的地點全都有人鎮守。

名副其實的要塞城堡。外敵無法入侵，內部也無法脫離的鐵壁精神。

然而對我而言只不過是耍猴戲等級的警備。這次也充分地發揮斥侯職種的能力，完美逃脫吧——

「別……不要……」

「嗯？」

正當鼓舞自己時，我察覺到細細的聲音。

（什麼嘛，她醒了啊。）

回頭一看，我發現剛才的少女正往後退了一步。

她想必還陷入恐懼之中吧。臉色發青到可憐的地步，原本白皙的膚色像是蠟像般血色盡失。

「那個，抱歉啊。」

「……嗚！」

「我會馬上離開，所以妳別這麼害怕。」

「噫！」

（嗯～……）

我感到有點受傷。

怎麼說，我確實不像小蓮那樣是個帥哥，但好歹也沒有到凶神惡煞的地步。剛才也是一樣，為了不讓這孩子嚇著，我明明也露出了最友善的表情啊。

可是卻被完全否定，還真是讓我遭受不少打擊。

（啊，不對不對。）

原來如此，是這樣啊。

現在的我可是頂著一顆魚頭。

（這種狀態下露出柔和的表情反而更恐怖啊。）

一想到這，總感覺真的很對不起她。

我褪下變裝用的面罩，露出笨拙的笑容向她道歉。

「抱歉啊。」

「咦……？」

「那麼，晚安。」

稍稍釋放【催眠彈】的煙幕，少女應聲倒在地板上。

直到最後的最後，我顯露出真正面容的那一刻，她看來總算消除了恐懼。

（就這個樣子看來，應該也有聽到我的道歉了吧。）

或許看在他人眼裡會覺得那又怎樣？

充其量不過是自我滿足，即使如此，我仍無法不這麼做。

（可別感冒了啊。）

我順便從道具欄裡取出毛毯。

正打算將毛毯披蓋到少女的身上時——

「「「離公主大人遠一點啊啊啊啊啊啊啊啊啊！」」」

「……什麼？」

聽見震動走廊的大聲量，這次輪到我僵硬在原地了。

「你這傢伙啊啊啊啊啊！」

「惡人！骯髒的盜賊啊啊啊啊！」

「膽敢碰公主大人一根手指頭試試看啊啊啊啊！」

身穿盔甲的男人們從走廊的一角朝這個方向一湧而入。

那大概是傳聞中赫赫有名的帝國騎士吧。騎士們你擠我我擠你來到這裡，頂著充滿血光的眼神發出叫吼。

「咦？公主大人……是指她？」

「「「住手啊啊啊啊啊！不准對公主大人出手啊啊啊啊啊！」」」

看來我是中了大獎。

我伸手指向少女，不過只是這個動作，男人們就鼓起殺意。

（啥？什麼？公主大人……真的假的？）

看來我似乎踩到了地雷。

不過，說來也是。會出現在這裡的人總歸是王族。

也許是想著偶爾也和母親或姊姊一起睡覺吧，於是前往對方的寢室。在這種情況下遇見我們，也只能說是運氣不好——

「還沒到嗎……魔術師隊還沒抵達嗎？」

「再三分鐘……不，他們說再一分鐘就能趕過來了。」

「那個賊人……竟敢對我們的公主出手，可別想著能活著回去啊。」

「把你大卸八塊……不，剁成肉醬以後再塞到堆肥糞坑裡。」

（哦、哦哇哇……！）

來到這個世界以後，我的五感變得格外敏銳。

多半是斥侯職種的緣故，也可能是因為等級封頂，總覺得聽力異常地好。

多虧這點，那些混著怒濤的低語內容也一字不漏地聽進耳裡——

無論哪句話都是危險聳動的內容——

（嗚哇哇……？）

慘、慘了！

這群傢伙是真的想殺了我！

（這該不會、該不會是玩真的吧！）

我總算理解到事情的嚴重性，但好像晚了一步。

騎士們一絲不苟地排好隊形，以連一隻老鼠都無法逃脫的架式堵在道路前方。

「隊長！魔術師隊已經到達了！」

「很好！第一班使用【束縛】，第二班使用【遲緩】，第三班【驅散】，同時展開攻擊！」

「「「了解！」」」

「四班和五班負責保護公主大人的安全！盡可能持續對公主施加防禦魔法和治癒魔法！」

「「「遵命！」」」

一看就是會使用魔法的傢伙們出現了！

而且那群傢伙正閉氣凝神，首要目標就是要斷絕我的退路。

（情況很糟啊。）

我是斥侯職種。姑且不論物裡攻擊，對魔法攻擊相較之下沒有抗性。

再怎麼擁有等級和能力值差距的優勢，也沒有萬能到站在原地能毫髮無傷的程度。

因此我立刻朝反方向奔跑而出。

「別想得逞！」

「唔！」

對方已經察覺到我的動靜。

騎士堵住我原本打算脫逃的去路，用盾牌將我彈開。

（是、是誰！）

我在空中翻了一圈，在原地降落。

翻躍的期間，前方的騎士照樣逼近與我的距離，朝我揮劍。

「唔哇哇！」

就算慌忙地往橫方向一跳，騎士也有辦法即時針對我的動作做出反應。

這傢伙以機械般的精確動作從正面持續捕捉我的動靜。

「明明只是個惡徒，死命掙扎的模樣也太難看了吧！」

「啥？」

「乖乖被我砍成兩半吧！」

那個銀色頭盔的騎士啊。這仁兄還真會說些強人所難的話。

最好有人被這麼命令就會乖乖就範啦。

（不，是他會逼我就範吧。）

說些挖苦對方的話，但想必怎樣都是直接砍過來吧。

對方這種不管三七二十一的強硬態度以及力量，令我感到背後浮現出討厭的冷汗。

「好啦，你已經無處可逃了！」

「……嘖！」

「束手就擒吧！」

持續閃躲之餘，關鍵的公主大人已經得到庇護，我則是逐漸被逼到牆邊。

周圍的騎士配合那名男人的動作逐漸縮小包圍網。已經沒有留下任何空間能夠讓我騰躍了。

（這就是所謂的萬事休矣嗎……！）

這說不定是來到這世界以來初次嘗到的經驗。

被逼迫到這種程度基本上已經是窮途末路了。

（但是……）

現在的我可是非比尋常。

我可是握有唯一的殺手鐧。

「好了，到此為止吧！」

伴隨著騎士的吆喝聲，包圍網更加縮小。

我明白。就算不使用技能，我也能明白現在的情況。

趨近臨界點的集中力讓時間變得漫長而遲緩，我能夠感受到周遭動靜正緩慢進行著。

「哦哦哦哦哦……！」

靠近了。銀騎士的劍越發飛快地逼迫而來。

靠近了。周圍的騎士架著盾牌逼迫而來。

靠近了。被施展的魔法描繪出放射曲線逼迫而來。

巴爾特羅亞的騎士們緊逼而近。一齊襲向我。

瞄準那一瞬間的破綻——我使用了殺手鐧。

「【海市蜃樓】！」

唰！

「…………………」

銀騎士維持住揮落長劍的姿勢，不動了。

其他騎士也一樣。手持盾牌、或是高舉著魔杖的手，定格不動。

他們的視線停留在卡著劍峰的石磚上——

僅僅如此而已。

本來待在原地的我已經不見蹤影。

「消失了……？」

有人不禁發出呆滯的聲音。

和那人說的一樣，我彷彿幻影般消失得無影無蹤。

—2—

「真慢耶。發生什麼事了?」

「出了點小狀況。」

「你把那女孩的睡衣給睡掉了對吧?你那種心情,我可以理解。」

「才不是啦,蠢貨。『睡掉』是什麼動詞啊。」

抵達會合地點後,看見了優介和小蓮的身影。

我一邊回答立刻迎面而來的吐槽,卻覺得身上的緊張感怎樣都難以消退。

「哎呀,不過剛才真的很危險。我連【海市蜃樓】都用了。」

「咦!敵人的等級有那麼高嗎?」

「是啊。敵人各個都很強,指揮能力也不得了。」

「說不定是傳說中的最強騎士喔。我好想親眼見識見識啊——」

「算了吧算了吧,別開玩笑了。」

我吐出疲累的嘆息,收拾起潛入用的黑衣裝束。

現在我們的身分可是流浪的冒險者。小蓮他們也換上了符合身份的裝備，怪物面具早就脫下來了。

「那麼，快點回旅店吧。」

「了解。」

催促著兩人，我率先走到前頭。

帝都的巷弄相當整齊而規律，不過正因為太整齊了反而讓人摸不清楚路。

（畢竟連昨天被叫去買東西的小蓮都會迷路了……）

我們在毫無起伏的街道裡一面警戒一面向前進。

（不過，【海市蜃樓】啊……）

上次用這招是多久以前的事情了？

斥候職種的殺手鐧之一，能夠在三秒鐘內維持無敵狀態的究極技能。

正確而言是變得透明，藉此閃避所有攻擊就是了──

哎，總之差不多就是這個意思。多虧有這招我才能逃離城堡。

（之前使出這招時，是在南歐的時候啊。）

剛好是在半年前左右吧。我記得那時候在舊街道遭遇了死神，為了閃躲那傢伙的大鐮刀而使出技能。再更之前的話應該是去年秋天的繁殖期吧，印象中我被格外真實的魔物群給嚇

到，沒多思考就使出了這招。

（等等，咦？已經過了這麼久嗎？）

數著轉移到異世界後的時間，只經過一年左右而已。

但是每一天每一天的經歷都相當深厚，讓人有早已度過漫長時間的錯覺。

「那麼，今天就回房間睡一覺。」

「嗯？」

「那明天要做什麼啊？」

我沉溺在回想之時，優介從身後搭話。

「什麼做什麼？」

「已經什麼都不剩了吧？這個國家已經沒有事情可以做了，我們正在討論接下來要去哪裡啦！」

聽他這麼一講，的確是這麼回事。

這個國家，巴爾特羅亞帝國裡特別的地點都已經繞過了。

那個要塞城堡是最後一個堡壘，如果連那裡也一無所獲的話，確實沒有繼續滯留的理由了，只是——

「要不要再待一下？偶爾也休息休息嘛。」

「啊啊？」

「現在是盛夏喔，長途旅程會累死人啦。」

沒錯，現在是八月。就季節而言可是處於盛夏。

和日本相比是涼爽了點，但高溫就是高溫。

「我們就當作是避暑吧，避暑。」

「好耶，聽起來很棒。」

「連小蓮都說這種話……」

「怎麼，你討厭嗎？」

「也不是說討厭啦。只是有種『真的好嗎？』的心情。」

「明明只要去海邊就能看見泳裝女孩的說。」

「看來我們只能去海邊了。」

經由小蓮的一句話，優介態度馬上劇變。

他再怎麼露出嚴肅的表情，我可是知道他內心正轉動著慾望的漩渦。

「海邊？果然是去地中海吧？不，去湖泊也是一個選項。」

「夏天時故意去溫泉也很好呢。」

「溫泉！暖呼呼！不小心走光的胸部！」

「你的智商指數下降了喔。」

一面閒聊著，我們三個人行走在夜晚的道路上。

身後，位於街道中心的要塞城堡傳來了微乎其微的喧囂聲。

回到旅店後，我們擦乾汗水，吃了些簡單的宵夜。

乾麵包，火腿與起司。選了些能夠輕鬆享用的食物，配著瓶裝麥酒。

「呀～勞動後來一杯真是太棒了～！」

「勞動的幾乎都是我就是了。」

「哎呀，別在意，別在意。」

在床鋪大小的小桌子上展開簡便的慶功宴。

儘管沒找到目標物，但怎麼說呢，先別管那些了。

這種時候為了好好切換心情才更應該大肆玩鬧一番。

當然，現在是深夜，所以要壓低音量——

即使如此，我們仍然開心又快樂地暢飲著麥酒。

「但是期待又落空了啊～」

「是呀。雖然有找到記載著相關情報的書就是了。」

「你是說那個『有關轉移者的紀錄』？」

「沒錯，就是那個。」

「那幾乎都是轉移到大陸之間的內容嘛。我們想知道的是轉移到異世界的方法啦！」

「優介，你聲音太大了啦。」

「哦、哦哦，抱歉抱歉。」

勸告了優介，小蓮發出小小的嘆氣。

「但是我懂你的心情喔。巴爾特羅亞是大國嘛。」

「沒錯，就是這樣。歷史悠久，一定會藏著『異世界轉移魔法』之類的書，我本來是這麼想的。」

「想不到連個碎片都沒有。」

「啊啊～！討厭啦～！」

優介在床上翻滾，苦惱地抓著頭。

我和小蓮默默地看著這樣的他，房間裡籠罩了片刻的沉默。

「吶，貴大，小蓮。」

「嗯？」

「怎麼了？」

「我們真的有辦法回到原本的世界嗎？」

他的示弱讓人無法認為是出自醉意。

優介想必也在懷疑吧。

所謂的異世界轉移魔法究竟是否真的存在？

（到底會怎麼樣呢。）

異世界轉移裝置也好。異世界轉移技能也罷。

重點在於這個世界真的存在著這麼方便的東西嗎？

來到這個世界即將快要一年了。

這期間，我們不斷尋找著回歸原本世界的手段。

然而卻是接二連三的揮棒落空、落空、落空——

既然沒得到能稱上成果的回報，會垂頭喪氣也是理所當然的。

「該不會得一輩子待在這個世界吧？」

優介的聲音比剛才還要消沉。

最近的他只要一喝醉，大多會變得陰鬱。

畢竟這傢伙看似容易得意忘形，但其實內心相當纖細啊。乍看之下享受著這個世界的生活，實際上或許比誰都無法習慣這裡。

對原本世界的執著心肯定也比我還要強烈許多。

面對這樣的他，我甚至找不到可以安慰他的話語——

「回得去喔。」

「小蓮？」

「我們一定可以回去。」

強而有力的回答。優介不禁抬起身體，看向小蓮。

我們的視線全聚集在小蓮身上，他朗朗地開始訴說。

「大前提之下，許多國家都有流傳著稀人的存在。」

「稀人……」

「所謂稀人，是指突然出現的外部存在。也包含從別的大陸被轉移過來的人們。」

「聽起來感覺不只那麼簡單呢。」

「嗯。」

我從旁邊插話，小蓮笑著點點頭。

「當中也有明顯是來自別的世界的人。而且那些人當中，也存在著被認為是『回到原本世界』的人們。」

「也就是說……」

「回歸的方法本身是存在的，只是我們還沒有找到而已。」

那方法究竟是什麼，現在的我們還不明白。

雖然不明白，但直到釐清以前都不可以放棄。

小蓮正是在對沮喪的優介說這些話。

「嗯……說得也是。或許是這樣。」

「是呀。」

「原來是這樣！」

優介說道，露出開朗的笑容。

他看起來不像是完全相信優介的話，可至少從中得到了激勵。隊伍中作為開心果的優介一旦笑了，現場的空氣也變得明亮。

「說得沒錯，這裡可是奇幻世界啊！至少在某個地方會有解決方案，要是沒有的話我自己發明一個就好了！」

「沒錯，大魔法師！」

「靠你啦，大魔法師～！」

「謝謝，謝謝。」

我和小蓮拍手喝采，優介則用裝模作樣的動作收下了稱讚。

簡直就像是好萊塢演員。這才是優介該有的行為舉止。雖然有讓人感到微妙火大的小缺點，但這種精力充沛的感覺正是優介的特長。

我誇讚著打起精神的朋友——

一方面，我們也差不多感到睏了，打算在此讓宴會告一段落。

「那麼，今天就快點上床睡覺啦！」

「好喔。」

「晚安～」

「下個要去的國家是羅馬利奧喔！」

等著吧，地中海。

等著吧，泳裝美少女們。

我聽著諸如此類的喃喃，緩緩閉上眼睛。

看來明天得立刻開始整理行李了。我想在夏天結束以前游個泳。

（羅馬利奧是怎樣的國家啊。）

想像著未曾踏過的土地，那天的我靜靜地陷入沉睡。

接著早晨來臨後，懷抱著清爽的心情走出旅店外——

「這、這這這這、這是、這是這是這是……？」

「等、喂你、你……！」

「呃、哈哈哈哈……」

旅店前的巷弄，牆上貼了張通緝告示。

下方有文字註記著「罪大惡極　成功捕捉金幣十枚　通報銀幣一枚」。

原來如此，是相當符合罪大惡極之人的金額。

金幣十枚，甚至是可以買到房子的鉅款。

如果有時間上的寬裕，我說不定也會考慮追查這些通緝犯。

（前提是這個通緝犯不是我的話！）

沒錯，那是我。通緝告示上畫的是我的臉！

「貴大～！這這這是怎麼回事啦——！」

「咦？該、該不會，你的臉被看見了？」

「不，才沒有那回事！我可是好好地戴上面具了！」

「不過，會合的時候好像拿下來了……」

「啊。」

「什麼～？那個『啊』是什麼意思啦啊啊～！」

我被優介粗暴地搖晃肩膀，回想起昨天的事情。

對了，這麼說來我拿下了面具。為了不嚇著那個女孩，向她露臉了。

接著就維持那個狀態直接進入戰鬥——

沒戴面具！毫無遮掩地露出臉！

「嗚哇！」

「感、感覺好像被人盯著看了。」

兩人鐵青著臉面面相覷，確實感覺到別人投來的視線。

有人在看著我們。在巷弄的前方朝這裡看過來。一邊把通緝告示貼到牆上，裝作若無其事地朝這裡確認！

「找到了，是那傢伙。」

「沒有看錯嗎？」

「我有可能會看錯嗎？那是襲擊公主大人的無禮之徒。」

「那麼得快點向隊長報告才行。」

「可別被察覺了啊。但是要快。」

「了解。」

（咿咿咿咿……！）

特別靈敏的聽力將那些危險的細語聲一字一句地全都收進了耳裡。

話語裡凝聚著憎恨和殺氣。經過一個晚上的發酵後變得更加濃厚而激烈，彷彿釀成了一種濃稠的情感——

該不會是那個吧？我被認為是衝著公主大人才潛入的？

我本來想把那纖細的少女納為己有，卻在這之前就被騎士們給阻止了，諸如此類的。

擄人未遂不可能被原諒，加上對公主大人的忠誠與愛慕，他們的情感更加轉化為對我的憎惡——

「該、該怎麼辦？」

優介鐵青著臉詢問。

「該怎麼辦才好呢？」

小蓮也露出同樣的臉問我。

（怎麼辦？什麼怎麼辦？）

這種情況不是只有一種辦法嗎？

「只能逃了啊啊啊～～～～！」

「「果然～～～～！」」

除了穿著的衣服以外身無一物，我們莽撞地衝刺而出。

今後的計畫也只能放水流了。

總之先逃往沒有那些騎士的地方，逃往戒備單薄的地方，我們心無旁鶩地奔跑。

「站住！」

「給我站住啊啊啊啊啊！」

「別想逃！絕對不會讓你們逃走喔喔喔喔！」

「快追啊啊啊啊啊！把他們四分五裂喔喔喔喔！」

「「「咿咿咿咿咿咿咿！」」」

殺氣的聚合體朝著我們追了過來。

撞破巷弄的牆壁，或是從窗戶裡跳出來，騎士們不斷增加數量。接著一面被他們的弓箭長槍或魔法給攻擊，我們彷彿被追殺般——

不，名副其實就是被追殺，我們逃出了帝都蓋爾林。

—3—

「站住啊啊啊啊！給我停下來啊啊啊啊！」

「哈啊～！呼哈～！」

「別想逃，你們這群傢伙喔喔喔喔喔！」

「真的是、有夠纏人！」

「那個大叔真的是人類嗎？」

「體力、真好、呢……」

離開帝都蓋爾林，東追西跑的，大概逃亡了三天左右。

時而亂撒煙幕、用火焰牆堵住去路，時而直接刀刃相向，總算成功甩掉了騎士團。

儘管如此，我們卻還是被剩下一個人持續追趕著。

「最強騎士，太、太棘手了。」

「那毫無疑問，根本是神角了吧！」

「超越人類規格、也該有個、限度吧。」

沒錯，正是因為這個根本超越人類規格的男人。

「可惡～！【召喚魔像】！」

「太天真了！」

「【幻象刃擊】！」

「沒有效！」

「【蓋亞爆擊】！」

「就說沒有效了啊啊啊啊啊啊！」

優介召喚了護身用的魔像。

不行，兩秒就被打碎了。

我迅速投出無數把飛刀。

不行，他一揮長槍就全部打掉了。

小蓮揮舞大劍粉碎地面。

不行，他踏著靈巧的步伐穿越了路障。

「他是怪物喔喔喔喔喔喔喔喔！」

這是優介的吶喊聲，也包含著我們三人的吶喊聲。

（最強騎士吉克蒙特……！）

從很久以前就聽過他的傳聞。

傳說巴爾特羅亞裡有個受到軍神加護的最強騎士。

但從沒料到會強悍到這種地步。竟然、竟然、竟然連我們的攻擊都可以破除掉——！

（雖然只要殺掉他就好辦了！）

但我們當然不會這麼做，除了一而再再而三的逃跑以外別無他法。

「接下我憤怒的鐵鎚吧！」

「嗚哇——！」

就算我們沒有殺意，對方可是殺意滿滿。

拿著大長槍突刺或劈砍，每當發動攻擊時我們就會發出悲鳴竄逃。

「你竟然被那種怪物給盯上，你是蠢蛋嗎！」

「就是說嘛，貴大～！」

「吵死了啦！你們不也跟我一樣半斤八兩！」

脫口而出後我才恍然大悟。

我們「自由人生」踏出旅程時總是這種展開。

（總是有人搞砸了什麼才開始的。）

像是當權者的女兒愛上了小蓮、優介的魔法實驗引起大爆炸、豪邁富商的女兒愛上了小蓮、優介的魔法實驗召喚出惡魔、村裡的女孩愛上小蓮——

總之，結果都是從城鎮或村落裡被趕出去。

每當遭殃時，我都是負責亡羊補牢的。

（沒想到這次卻換我惹了個超級大麻煩！）

真是完全沒料到。

「逮到你們了！」

「「「嗚哇！」」」

差不多逃跑到疲累時，終究被最強騎士捉住了。

吉克蒙特牢牢扯住我們的衣服——

光是這樣難消他心頭之恨，還粗暴地搧了我們一掌。

「咕啊！」

「嗚嘿！」

「嘎噗！」

三人發出三種哀號，我們癱倒在地面上。

沒辦法即時站立起來。雙腳也癱軟了。

吉克蒙特的呼吸卻毫無一絲紊亂，朝向我們架起銳利的長槍。

「小鬼頭們啊啊啊……！」

「咿咿咿！」

「膽敢對公主大人出手，別以為能活著走出這個國家……！」

「沒出手！我們沒出手啦！」

「無禮之徒啊啊啊啊！」

「咿咿咿咿咿咿！」

男人的眼神好似凝聚著忠誠心。聲音則怨恨得像是能蒸發冷汗。

慘了。他是認真的。這已經沒辦法用開玩笑來蒙混過去了。

（不，但是，得逃跑才行！）

逃跑逃跑不斷逃跑，只要繼續逃下去他總有一天會放棄的！

（應該會……放棄吧……？）

儘管很明顯懷疑這件事，我還是不想捨棄僅存的希望。

但對方可是無庸置疑的最強騎士。無論我們打算做什麼，他都會更早一步湧現鬥志，用手中的長槍將我們刺成丸子串——

「嘎吼吼吼吼吼吼！」

啪搭啪搭啪搭啪搭！

「咕噎噎噎噎噎！」

唰啦啦啦啦啦啦——！

「…………啥？」

剛剛那是什麼？

好像是飛龍之類的生物飛了過來——

銜住吉克蒙特的頭，然後又飛走了——？

「……放開我——！還不快放開——！」

「……咕噫噫噫噫噫！」

從遠方能聽見最強騎士的大吼與飛龍的嘶叫聲。

看來剛剛目睹的是貨真價實的生物。絕對不是幻覺，我們好像被飛龍救了一命。

「嗚哇，那個人沒事吧？」

「別管他別管他。他自己會想辦法啦。」

「說的也是。那人看起來感覺被殺了也不會死。」

說到這種地步，我大大地吐出一口安心的嘆氣。

「真的不應該跟神角作對……」

好累。真的累死了。一個不小心說不定會成為人生中最累的一次遭遇。

「真是的。」

和小蓮面面相覷，不知怎麼地感到可笑了起來。

我們兩個噗嗤爆笑出聲，被影響情緒的優介也一起笑了。

「哈哈、哈哈哈！」

一旦笑出來就無法停止了。

汗流浹背，滿身泥濘的我們發出哈哈的大笑聲，像是小孩子般在地上翻滾——

「看起來很開心嘛？」

有道聲音自我們的頭頂降臨。

同時間，陽光遭受遮蔽，四周霎時變得陰暗。

「你們知道這裡是哪裡嗎？」

聲音問話了。

那傢伙瞇起眼睛，注視著我們。

「擅自在吾的庭院裡搗亂。不知死活也該有個限度。」

一面說著，那傢伙朝我們靠進一步。

光是踏出步伐就發出足以震撼腹部的震動。傳來了似乎是遠方懸崖崩塌的聲音。

「你們看起來就像是群自殺志願者，沒錯吧？」

聲音再度詢問。

對方大概沒有在尋求答案吧。

那傢伙心中早已有了篤定的回答——

打從最一開始就已經決定了我們的死活——

正是有這個打算才向我們問話。

「看在你們匹夫之勇的份上，就由吾親自擔任你們的對手吧。」

黑色翅膀在藍天中一股作氣展開。瘴氣彷彿濃霧般蔓延，連陽光都隨之扭曲。並排生長的牙齒感覺連鎧甲都能輕鬆咬碎。有高低起伏的尾巴看起來就像別的生物，即使不願意也會察覺到尾巴的動靜。

簡直是惡夢般的光景。我們已經無法發出聲音。

然而那傢伙卻從容自在地浮現出笑容，發出決定性的一句話。

「好了，取悅吾吧。」

「是混沌龍啊啊啊啊啊啊啊啊啊啊啊啊啊啊啊啊啊啊啊啊啊啊啊啊啊啊啊啊啊啊啊啊啊啊啊啊啊啊啊啊啊啊啊啊啊啊啊啊啊啊啊啊啊啊啊啊啊啊啊啊啊啊啊啊啊啊啊啊啊啊啊啊！」

優介叫出發狂般的聲音。

小蓮頂著張茫然的表情笑出來。

我則是無法相信眼前的光景，一味凝視著那傢伙。

（混沌龍……！）

等級兩百五十級的副本ＢＯＳＳ怪物。

是這個世界規格最強的龍，甚至被喻為可以毀滅國家。

我們雖然還沒挑戰過，但在玩家之間可是因為相當強而引起了話題。可說是究極的遊戲終局內容。足以和魔王並駕齊驅的怪物。像是光一發吐息就可以擊飛最強的玩家、像是打發時間似的去打倒其他副本BOSS、或是稍微作亂一下就會改變地形，在遊戲時代我早就聽過成堆的誇張傳聞——

（沒想到那個混沌龍會現身！）

一路朝杳無人煙處逃亡的結果，看來不小心闖入這傢伙的棲息地了。矗立於巴爾特羅亞和伊森德國境之間，堪稱魔境的黑龍山脈。如今，我們似乎就位在這關鍵的區域裡。

「該該該該怎麼辦啊！」

「什麼怎麼辦，根、根本無法怎麼辦吧。」

「道歉的話會不會原諒我們啊。」

「不原諒。」

「說的也是——！」

逃跑的去路輕而易舉就被封鎖了。

不愧是混沌龍。毫無寬容這點也是超級一流。

（如果說接下來該怎麼辦的話……）

戰鬥？要戰鬥嗎？

本來得由數百名封頂玩家一起進攻的對手，只靠我們三個人去面對嗎？

（再怎麼說也……！）

未免也太亂來了，此刻的我們卻沒有其他選項。

「可惡啊啊啊啊啊！我打！我就打給你看！」

「是啊！來戰吧！」

「也只能上了啊……！」

另外兩位夥伴看來也是相同想法。

優介將魔力注入法杖，小蓮拔出背後的大劍。

我則是拿出銳利短刀，擺起架勢──

混沌龍再次眯起眼睛，咧出笑容。

「看來鬥志還不錯。好了，放馬過來！」

「「「唔哦哦哦哦！」」」

「讓吾見識見識你們的力量吧！」

「「「唔哦哦哦哦哦哦哦哦哦哦！」」」

如此這般，我們「自由人生」與混沌龍的死鬥開始了。

就結果而言，怎麼說，算是成功捱過了絕境啦——

但這無疑是一場幾乎讓人減壽好幾年的硬仗。

—4—

「呼、呼、你們還、還活著嗎……？」

「勉強……但是，會死、噁、好、好想吐……」

「哈，哈哈、呼、呼……哈呼～……」

自遭遇混沌龍以來大約經過了兩小時左右。

我們勉強——真的是勉強，總算是活了下來。

（竟、竟然能撿回一條命……）

附帶中毒、麻痺以及睡眠等效果的高火力吐息。

足以崩毀山脈，將巨大岩石像是浮石一樣粉碎的力量與尾巴。

振翅時會引發暴風，著陸時會震裂大地，混沌龍宛如天災般襲捲而來。即使被這樣的對手玩弄，我們仍彼此互相扶持，成功對牠造成了致命傷。

（是用我的短刀給予最後一擊的。）

那是激烈戰鬥尾聲時所發生的事情，我記得不太清楚。

那時候，優介像是扛著火箭筒那樣架起法杖，連續發動超級魔法——

對了，沒錯沒錯。接著小蓮斬裂對方的翅膀。

瞄準那一瞬間的破綻，我使出【心臟貫穿】剜進混沌龍的心臟——

那傢伙摔落懸崖，地面開始崩塌，我們則被捲入其中。

（不過，真的是大難不死。）

三人全身上下都破破爛爛的。

龍之吐息和沙土搞得頭髮亂七八糟，皮膚和衣服也是慘不忍睹。部分貴重裝備損毀，小蓮的大劍甚至硬生生從中斷成兩截。

但我們還活著。存活著，能夠像這樣看見彼此的臉。

這點讓人無比喜悅，即使身體早就精疲力盡，我卻有股隨時都會笑出聲的心情。

「好、好啦、你們……」

「什麼～……？」

「差不多、該走嘍。」

用身體撐住顫抖的手，吃力地站起身子。

這裡是黑龍山脈，龍所棲息的魔境之地。不知道其他龍什麼時候會過來，也無法明白混沌龍最後下場。

（雖然我想應該死了就是。）

但我的心臟可沒有強健到能夠一直待在這個地方。

「嗚嗚，我想睡在這裡。」

「我們要離開了啦。快點，用自己的腳走路。」

「貴大～拉我一把～」

「小蓮，不要連你都要賴！」

喚醒滿身瘡痍的夥伴，首先先讓傷勢恢復，接著迅速下山。

現場不像是普通人可以步行的地勢，此時就該發揮斥侯職種的真本事，我使用木樁或繩索製作一條下山的路徑。移動時盡可能加快速度，但也得盡量慎重點。我們耗費將近三個小時從山頂降下——

直到山坡斜面也逐漸變得平坦時，總算能停下腳步。

「呼～中場休息！」

「看來沒有追兵呢。」

「是啊。巨龍和飛龍還有那個大叔，都沒看見。」

「別提起那傢伙啦……」

雖然被優介嫌棄了——

無妨，至少可以理解成他已經恢復體力到可以開玩笑的程度了。

「那個，我們現在在半山腰附近嗎？」

「是啊。你看，現在的位置在這一帶。」

「咦？根本爬到另一座山了嘛！什麼時候移動的？」

「戰鬥時。你沒察覺到嗎？」

「畢竟打到忘我了嘛……咦，等等？那麼，這裡已經是伊森德了？」

「應該是沒錯。」

沒錯，雖說是半山腰，但我們處在偏向鄰國伊森德的一方。

被巴爾特羅亞逼得逃離、又被混沌龍追著跑，我們不知不覺橫越了高山。即使非本意，就結果而言還是形成了遠離最強騎士的局面。

那傢伙再怎樣都不會追到鄰國來吧？

我們如此心想，決定就這樣前往伊森德王國。

「那麼，差不多該下山啦！」

「是啊。」

「了解。」

雖說是脫離險境了，這裡可是魔之山，不知道會發生什麼事。

任性點的話，我也是很想再休息一下——

不過還是想要在發生什麼萬一前早點下山比較好。

「咦，哇啊，下雨了。」

移動期間突然下起了雨來。

是雷陣雨嗎？因為汗水而發涼的身體更加寒冷，甚至都快感冒了。

「人們總是說山上的天氣很多變呢。」

「時間點也太爛了吧～！」

「躲雨、躲雨！」

巨大的雨點打落在身上，我們在山道中奔跑。

山麓的方向能看見森林，只要跑到那裡應該就能躲躲風雨了。

抱著這個念頭，我們暫時默不作聲地前進——

「咦，奇怪！」

「怎麼了？」

「那該不會是山中小屋吧？」

小蓮指了指旁邊。

山中小屋。沒錯，是山中小屋。雨幕降下的對面能夠若有似無地看見有著煙囪的小木屋。

「說不定是獵人們的休息所。」

「搞不好是山姥姥的家喔。」

「別鬧了啦。今天已經聽夠那種玩笑話了。」

我們心想著看來總算能休息了，一邊互相耍嘴皮子，加快速度前往山中小屋。

雨勢漸強。能夠聽見遠方傳來的雷聲。這種環境當下竟然能夠找到山中小屋，我們說不定很幸運。

（雖然這幾天糟糕透頂就是了。）

不過只要結果好的話一切都好。

我們自然而然地露出笑容，提著跳躍般的步伐接近山中小屋。然後，沒多加思考，試圖打開入口大門——

（嗯？）

這是什麼啊。

有個像是岩石的物體沉重地鎮坐在入口前。

不，還是說是肌肉？鍛鍊厚實的後背堵在小屋入口附近。

如果是肌肉的話，那就是人類了吧。

不，等等，如果說是人類的話，總覺得肌肉的比重好像太過頭了——

「啊？你們這群人是誰啊？」

（肌肉說話了！）

而且還轉過身子來了！

肌肉加上肌肉的人連裸體都沒打算遮，對我們投向看似納悶的表情。

他看來是在擦拭身體的樣子。除了毛巾掛在脖子上以外一絲不掛，豪邁的「凱薩長毛象」也面向這裡了。

咆喔喔喔喔喔！

「唔嗯～」

目睹猥褻物的小蓮突然倒下了。

被巨漢的魄力給壓制，優介也腿軟了。

「喂、喂喂，怎麼啦？發生什麼事了？」

發出咚咚咚的巨大腳步聲，「凱薩長毛象」逼向我們。

肌肉散發的熱氣蒸騰而上，自豪的那個東西晃呀晃的——

「唔嗯～」

「喂、你怎麼啦！」

接續小蓮，優介也暈倒了。

這兩個傢伙未免也太沒責任感了吧。是要我一個人面對這個情況嗎？

「喂，沒事吧。」

「沒、沒沒沒事。」

「真的沒事嗎？」

巨漢在我們附近蹲下，氣勢十足地把臉湊了過來。

那魄力非比尋常，我也多麼想要當場暈倒。

「咦咦！庫林格先生是公領嗎？」

「公領是什麼鬼？」

「公會領袖的意思啦，公會領袖。」

「別用奇怪的省略方式啦。」

位於黑龍山脈山麓處的森林地帶。

搭建在附近的，就是我們闖入的山中小屋。

這裡似乎也是巨漢的別墅，他一有時間就會待在這裡，孜孜不倦地鍛鍊自己提升等級的

樣子。

（偏偏在黑龍山脈的山麓裡？）

如果是一般人這麼幹，我會擔心起那人腦袋有沒有問題——

但我們得知巨漢的身分就接受了。他竟然是那個「趕盡殺絕的庫林格」。

（這下又出現一個名人了。）

即使沒接受神的加護，他的知名度卻能與最強騎士並駕齊驅。

大國伊森德的公會領袖，萬夫莫敵的「重戰士」。被譽為最強冒險者的存在，如今正活生生出現在我們眼前。

「太強啦——！請問可以和你握手嗎？」

「哦、哦哦，是可以。」

「手超大——！帥慘了——！啊，可以跟你要簽名嗎？」

「你快點阻止一下這傢伙啦。」

「真是不好意思……」

從剛才開始氣氛就很怪。

巨漢低下頭，把追星族優介像是小貓一樣拎起來。

小蓮的身體還是不舒服，優介的情緒也高漲得很奇怪，我一個人杵在原地，心情變得坐

立難安。

「還讓你請我們喝茶。」

「哦，這點小事是沒差啦。」

庫林格先生用大大的手搔搔下巴。

他是想說些什麼嗎？不，肯定有話想說吧。

抱著被斥責的覺悟，我挺直背桿——

「你們為什麼會待在這裡？」

「什麼？」

「這裡可是魔之山喔。如果說是要練等，其他地方也可以吧。」

（結、結果被問了這種問題！）

仔細想想，被追問也是理所當然的。

說是山麓，但這裡可是黑龍山脈。是高等級魔物四處徘徊的危險地帶。

「當地的獵人也不會靠近這裡。冒險者的話，會來這裡的大概也只有我了。所以說你們這群傢伙到底來這裡幹嘛？」

我和優介的臉嘩啦啦地流下了冷汗。

說不出口。哪敢跟他說實話啊。

「我們在巴爾特羅亞引發問題於是被最強騎士追殺，不心心迷路到黑龍山脈後和混沌龍大打了一架！」

之類的，哪可能說得出口。

（運氣好的話只會被當怪人，運氣差的話會被直接遣送回巴爾特羅亞啊！）

但我也想不到其他好藉口，導致行徑看起來更可疑了。

疑惑地盯著這樣的我，庫林格先生正打算再次開口時……

「那、那個！」

「啊？」

「沒錯！你說的對！我們是為了練等才來的！」

「啥啊？」

「可是完全打不贏！根本是可笑到一下子就被打趴了！」

（優介啊啊啊〜！）

可以嗎？這樣沒問題嗎！

剛剛明明才說冒險者不會接近這裡的——

你這樣硬拗真的沒問題嘛！

「什麼……？像你們這樣的小菜雞竟然敢挑戰魔之山……？」

（看、看來是不行呢。）

庫林格先生露出了很可怕的表情啊！

不愧是身經百戰的冒險者。優介光是會耍嘴皮子也騙不倒他——

「你們真了不起！」

「「什麼？」」

「我很中意！年輕人，這不是很有骨氣嗎！」

怎、怎麼說，好像過關了。

庫林格先生贊同地點點頭，把手搭到我們肩膀上。

「最近縮頭縮尾的膽小鬼變多了啊……老是把安全第一掛在嘴邊，不打算冒任何風險。」

「那、那不是也很好嗎？」

「如果想風平浪靜過一輩子的話當然沒問題，但如果不是的話，總得在某些時候挑戰自己吧！我們可是冒險者啊！對吧？」

「是、是的。」

都被這麼問了，也只能點頭如搗蒜。

我們生硬地點著頭，庫林格先生心情更好了，繼續說道：

「我也一把年紀了，但還是想繼續冒險啊。」

「冒險？」

「沒錯！冒險！你們也知道吧，這座山的山頂有個強到不行的傢伙，叫混沌龍。」

（是的，我們知道。）

「就算只有一次也好，真想和那傢伙打一場看看啊……不，不只是打一場，而是不斷戰鬥不斷戰鬥，最後贏過對方！我想打倒傳說中的最強之龍，在歷史上留名啊！」

「「……是。」」

那隻龍剛剛被我們打敗了。

這句話怎樣也說不出口。

（當時就像是發生奇蹟一樣啊。）

意外奪走了庫林格先生的夢想，我怎樣都覺得忐忑不安。

儘管如此，庫林格先生的心情卻越來越好，用力拍打著我們的後背，豪邁地大笑好幾聲。

「你們也這麼想的對吧？畢竟是跑來魔之山的蠢蛋嘛！」

「是、是的。」

「這樣啊，你們懂啊！不，你們果然懂對吧！我家老婆總嫌棄我都一把年紀了別作這種白日夢！果然，男人的夢想只有男人才能理解啊！」

看來他相當中意我們。

後背繼續被拍打，接著請我們又吃又喝，大方提供了肉乾與酒。

只能任由他的好客，一股腦地把食物塞進嘴裡——

微妙的罪惡感卻讓我感覺肉和酒苦澀到變成奇怪的味道。

—5—

「雨也停了，下山吧。」

「說的對呢。」

「你們也要去王都對吧？」

「我們是這麼打算的。」

「反正也沒有其他目的地。」

「轉移者還真是辛苦啊。」

我們諸如此類閒聊著，一面走下山道。

（不過，轉移者啊。）

昨天晚上我們說明了自己的來歷。

我們出身於東方國家。被轉移魔法給傳送到這裡來。正在尋找回到故鄉的方法。為此在世界各地東奔西跑。以上，是我們向庫林格先生釋出的情報。

當然，這些都是設定好的虛構情節。

畢竟沒辦法說出真相，即使說了也只會被懷疑而已。

因此現在的我們是「從東方國度被傳送過來的轉移者」。先擬定好這個設定，今後也打算沿用下去。

「話說回來，我也好久沒見到東方出身的傢伙了。」

「咦？除了我們以外也有其他東方來的人嗎？」

「哦，有啊。我以前見過一位獨腳的老爺爺，那還真是了不起啊。看起來弱不禁風的，眼神卻很銳利。」

「這樣啊～」

我們一面聽著讓人興致盎然的話題──

步行約半天。途中休息了幾次，我們抵達魔之山的山麓。

那裡有冒險者們的露營基地，除此之外，架設著數個帳篷的廣場裡頭還放置了大量行李，甚至還有裝備上轡繩的飛龍。

「庫林格先生！」

「老大！您平安無事啊！」

「是啊。」

該說真不愧是公會領袖啊。

廣場的冒險著們一察覺庫林格先生的身影便立即湧了上來。

同時，我們也沐浴在毫無忌憚的目光下——

「啊？」

「這些小子是誰？」

冒險者對待庫林格先生和對待我們的態度根本天差地遠。

那也是理所當然，但多少還是有點不適的難受感。

庫林格先生笑著拍拍如此心想而感到退縮的我們。

「你說這幾個小子嗎？他們是不小心闖進山中小屋的小鬼們。」

「咦咦！」

「說是想在魔之山練等。」

「在那種地方？」

有人發出了像是悲鳴的聲音。

接著我們被投以相當難以置信的眼神。

「竟然會做那種事……」

「這群年輕人……？」

一陣動搖明顯在露營基地蔓延開來。

庫林格先生則是露出愉快的表情看著。

（他覺得很有趣？）

想必很有趣吧。

應該有種整人大成功！的感覺吧。

無奈被提起這種事，我們也只會感到不自在。

「老爸！你這是什麼意思啦！」

（嗯？）

冒險者們正在七嘴八舌。這間隙之中，我看見了一位嬌小女孩的身影。

這孩子也是冒險者嗎？如果是的話總覺得有點太年幼了，體型就像中小學生那樣看起來不太可靠。不過血氣方剛這點倒是看似不得了，女孩用著要咬住庫林格先生的氣勢衝了過來。

「那個山中小屋難道不是老爸專用的嗎！」

「根本誰也沒說過那種事吧。」

「但是你明明不准我過去！」

「那是因為妳還是個小鬼頭啊。」

「這些傢伙不也是小鬼頭嗎！」

一出場就鬼吼鬼叫，鬼吼鬼叫。

簡直就像是我家附近的看門狗。不，這個體型的話應該是室內小型犬吧。

「她是說，老爸？」

「這孩子是庫林格先生的女兒嗎？」

「是又怎樣？」

（（（一點也不像～～～……………）））

一個是像惡鬼一樣的巨漢，另一個是惹人憐愛的嬌小少女。

天差地遠的一對父女在眼前，我們三人只能呆愣在原地不動。

「我已經可以獨當一面了啦！」

「哪可能啊。」

「也可以一個人和魔物戰鬥！」

「小嘍囉魔物的話是可以啦。」

「就算對手是大人，我也不會輸！」

「明明是連毛也沒長齊的屁孩。」

「吵死了啦——————！」

褐色肌膚染上一層赤紅，女兒大聲暴怒。

庫林格先生多半是習慣了，他雖然頂著一臉不耐，還是用諄諄教誨的口氣向女兒說道。

「聽好了，這群傢伙最了不起的點就在於他們直到現在都還活著。雖然渾身破破爛爛，也很狼狽地逃跑了，但他們至少保住了自己的性命啊。在妳還沒有辦法做到這點以前，我不會允許妳過來。」

「要撤退的時候我也知道撤退啦！」

「妳才不會撤退哩。妳這傢伙就是血氣方剛過頭了啦。除此之外還有點理想主義。這樣的話會早死喔。」

「唔唔～～……！」

女兒挨了庫林格先生一頓說教，漲紅著臉垂下頭。

她也明白自己無法回嘴吧。不甘心地顫抖著拳頭，直到最後都默不作聲。

「喂，你們！別愣在那邊，開始準備啦！」

「是、是的！」

「收拾了！回王都吧！」

不知不覺圍繞在父女倆身邊的冒險者們聽到庫林格先生一聲吆喝便一哄而散。一旦動了起來便十分流暢，帳篷一眨眼之間就收納好了，飛龍與馬車也蓄勢待發。

「你們去坐那邊的籠子吧。」

「可以嗎？」

「當然。是單程三小時的特快車喔。」

「謝謝——！」

庫林格所指的方向，飛龍旁有著一個巨大籠子。

那就是傳聞中的龍籠吧。掛在飛龍身上，以筆直的方向飛往王都。

「哎呀——真是幸運！」

「那時候還想著該怎麼辦才好了呢。」

「這就是所謂的因禍得福吧。」

得到貴賓禮遇，我們自然而然露出了笑容。

旅行總會伴隨著精疲力盡。能夠大幅縮短移動時間，對疲憊到極點的我們而言真的是感激涕零。

「好了，坐進去吧。」

「啊、等等。我先去一下廁所。」

「大的？」

「小的～」

一面輕鬆閒聊，我前往附近的草叢。

（哎呀哎呀，總算能喘口氣了。）

其實是想往地中海方向前進的——

不過，改去伊森德也沒什麼問題吧。就在那裡過上一段養生生活吧。

「喂。」

「嗯？」

途中，有人從一旁向我搭話。

轉動視線，可以看見一位嬌小女孩站在樹木之間。

（是庫林格先生的女兒？）

看起來是本人沒錯。

少女有著赤紅色頭髮和褐色肌膚，不知怎地瞪向我。

「抵達城鎮後，和我交手吧。」

「咦？」

自顧自地放話完，女兒就離去了。

（交手？）

她的聲音很平靜，卻也有種深思熟慮。

看來對方是認真的。似乎是計劃著藉由對戰來試探被父親認同的我們吧。這當中也混雜著一定的叛逆心理，說不定還有著嫉妒與遷怒的情感——

（該怎麼說呢……）

得到公會領袖的熱情款待真是超幸運的——！

我本來抱持著這種輕佻想法，看來不全然是如此。

至少現在似乎已經被女兒單方面視為競爭對手了。她所提出的比劃對決，今後說不定會不斷出現。

（不過，總會有辦法的。）

世道本來就沒那麼簡單。

但我們這裡可是三人一組的「自由人生」。所謂三個臭皮匠勝過一個諸葛亮，這次也同心協力突破難關吧。

（好了，下一個國家是伊森德。）

仰望西邊的天空，遙想著未曾踏足的大國伊森德。

雖然確切而言我們已經位於其領土內了——

這點就請別見怪了。我向藍天描繪著對魔法大國的思緒。

# 幕間劇　找房子吧

「我想要據點！」
優介又在說些什麼了。
來到伊森德首都格蘭菲利亞後已經過了幾天。
他在房間裡發出高分貝大叫，究竟是哪裡不滿意啊？
「這次又怎麼了？」
「想要住更好的旅店嗎？」
「不是啦——！完全不對！我想要據點！」
「這你剛剛就說過了啊。」
「據點是什麼？這個旅店不好嗎？」
「你們根本不懂男人的浪漫……！」
優介苦澀著臉，開始操作起系統清單。
眼前跳出一個被放大的地圖。伊森德位於中心，這世界的地圖映照在一整面牆壁上。

「聽好嘍，我們現在在這裡！」

「是伊森德王國呢。」

「沒錯！魔法大國伊森德！」

就算不用你說我也知道。

伊森德王國可是靠魔法走向繁榮。

同時身為大陸西部的霸權，這可是連路邊小鬼都知道的事。

「這個國家，好厲害的縮！有好～多地方，可以調查捏！」

「停止那種說話方式。」

「有什麼關係嘛！」

「你好嗨喔。」

小蓮幾乎快笑出來了。

我也好想像他一樣豁達啊。優介你也差不多該冷靜點啦。

「總之，有太多地方可以去了！只是稍微調查一下而已，就有遠古遺跡或地下迷宮什麼的，盡是些可疑的地點！」

「原來如此。換句話說，為了要去那些地方……」

「所以想要活動據點（老巢）的意思！」

「聽來滿有道理的。」

隨著目的地尋找下榻處也不錯──

然而一旦決定在這個國家長期生活，有個可以回去的地方也是必要的吧。

（一直住在旅店的話總感覺得無法放鬆。）

像現在，我們就三個人擠一間便宜旅店。

這樣雖然也很有趣，但差不多也想好好放鬆一番了。

「那麼，租一間公寓吧？」

「是可以，但我想要有倉庫之類的空間啊。」

「你的道具欄已經滿了喔？」

「是有在整理啦，但是已經極限了。我想要倉庫。」

「我想想，那就，租整棟房子怎樣？」

「聽來是很理想，但有好房子可以租嗎？」

你來我往互相商量，先規劃出目標範圍。

其實就算不用這麼做，只要想要，我們也能買下上級區的別墅就是了。

但是像我們這樣的年輕毛孩怎麼可能拿得出那麼一大筆錢呢？

至少世道是這麼認為的，而我們也不想搞得明目張膽。

只是一旦決定要低調行事的話，選項就越來越狹窄——

「於是就變成這樣啦。」

隔天早上，我身處格蘭菲利亞的中級區。

優介和小蓮並不在我身邊。今天我們分開來單獨行動。

（優介前往公會，小蓮去了規劃管理所。）

我則是親自上街尋找適合的房屋物件。

這就是所謂的適才適所。用我們各自的方法找出氣派的活動據點吧。

「說是這麼說啦。」

我忍不住發出了嘆氣。

這座城市無比遼闊，想必可以找到空屋。

但是否能找到夢寐以求的物件，那又是另一個問題了。

（最少要有三間個人房。附起居室、廚房、倉庫和澡堂。要是還有暖爐、屋頂閣樓就更好了，等等？）

蠢爆了。我們的期望也太高了吧。

（這麼好的條件是要去哪找啊。）

大致繞了周邊一圈，找不到類似的房屋。
即使前往像是住宅街的區域，仍舊一無所獲。
「好了，接下來該怎麼辦呢。」
我雙手抱胸，陷入思考。
（只能老實向當地人打聽了嗎？）
如此心想，我再次逡巡四周。
「嗯？」
「…………」
「狗？」
「汪嗚！」
有隻大狗坐在我腳邊。
看來似乎是黃金獵犬。類似黃金獵犬的狗狗閃爍著眼瞳，抬起頭來看我。
（是說，這世界也有黃金獵犬啊？）
感受到微妙的困惑，我歪歪頭。
「汪嗚！汪嗚！」
「哇啊？」

「汪嗚！」

「喂喂，做什麼啦。」

想說狗狗怎麼突然爬到我腰上，沒想到牠整隻湊了過來。

飛撲向我，保持這個姿勢誇張地搖著尾巴。

「你想要我陪你玩嗎？」

「汪汪～！」

「這樣啊。不過，怎麼說，我還有事情要忙喔。」

「汪～嗚……」

一旦察覺我沒有要陪他，狗狗一下子就變得沮喪了。

耳朵和尾巴垂下來，用著可憐兮兮的眼神注視著我。

「別露出那種表情啦。」

「汪嗚……」

「至少先讓我找到房子吧，這樣說不定就有時間陪你玩了……」

「汪嗚？」

「房子，房子。我在尋找氣派的空屋。」

「…………！」

狗狗的耳朵突然立了起來。

表情忽然變得開朗，強硬地扯著我的衣袖。

「嗯？你該不會可以幫我帶路吧？」

「汪嗚！」

「怎麼可能嘛。哈哈哈。」

一邊笑著，我還是跟著狗狗走了。

單看外觀應該是有人飼養的家犬。我心想著如果狗狗能帶我去找飼主，說不定就能藉機打聽空屋的情報。

不過，實際上等待著我的卻是遠勝於此的結果——

「哦、哦、哦哦哦……？」

「…………」

「哦哦哦哦哦哦哦哦……！」

「汪嗚！」

狗狗驕傲地叫了一聲。

在我的視線前方，正是一間三層樓的豪華空屋啊！

「很好！你做得太好了！」

「汪汪♪」

「你真的太厲害啦啦啦！」

我用力抱住狗狗，誇張地開始摸摸牠。

根本沒預料到進展會這麼順利。我壓根沒想過能找到這麼棒的空屋。

（真是託了狗狗的福！）

我一邊向優介和小蓮取得聯絡，繼續摸摸狗狗。

我這人也是很現實，原本已經很喜歡狗了，現在更是喜歡到不行。

可能也是因此吧，明知道語言不通，我還是這麼對狗狗說了。

「總有一天我會為你報恩的！」

「汪嗚？」

「以後遇到了什麼困擾，就來找我吧！」

「汪汪！」

我們究竟是否有達成約定——

想當然，那也是另一段故事了。

# 第三章　異世界歸還篇

—1—

「喝啊啊啊啊！」

「趁現在，優介！」

「看招吧啊啊啊啊啊啊啊啊啊！【元素加農砲】！」

小蓮的大劍震碎地面。

我的短刀刺上了敵人手腳。

接著，優介施放的魔法直接命中敵人，地下神殿閃出一道眩目的光芒。

「嘎、吼、吼……！」

「成功了！」

鎮守在這座神殿，無罪的聖殿騎士的身體大大地傾斜。

神殿騎士的身體巨大到要讓人抬頭仰望。這個不動如山的對手，如今它的身體正開始緩緩崩壞。

「成功了，太好了……！」

「上吧！繼續保持！」

「可別變身成什麼第二型態喔——！」

「吼吼……！」

能夠奇妙地感受到時間變得遲緩又沉重。

幾乎要令人窒息的停滯之中，然而，神殿騎士的軀體逐漸崩毀——

不久，身體宛如沙子堆成的城堡般嘩啦嘩啦地分解飛散。

「成功了嗎！」

「你那個哏差不多可以停了。」

敲敲優介的頭，我注視著僅存一點的沙粒山。

看來敵人是不會復活了。當然也沒有變身的跡象，這次的戰鬥應該正式告一段落了。

「嗚嘿～累死人啦～」

「好頑強啊～」

「這ＢＯＳＳ超麻煩的啊……」

抵達地下神殿最深處以來，大約經過一小時左右了吧。

從那之後就一直和ＢＯＳＳ戰鬥。我們終究也耗盡體力，三個人同時一屁股坐到地板上。

「嗯哈～水真好喝～」

「來，貴大。吃點餅乾吧。」

「哦，謝啦。」

「哦哦，掉道具了。」

「真的假的？」

「真的真的。好像是那個ＢＯＳＳ戴著的頭盔。」

一面沉浸在勝利的餘韻裡，我們悠悠哉哉地開始休息。

補給水分，拿些食物填飽肚子，等到游刃有餘後再瀏覽四周。

這次好像是優介發現什麼了。他手舞足蹈地拿著掉落道具過來，我們趁著休息時間檢查。

「……這什麼鬼？」

「什麼什麼鬼，是戰士系的裝備吧。」

「不，這我看也知道。但怎麼感覺起來好像陰森森的？」

「縫隙裡滲出了血淚呢……」

「沒問題啦！小蓮一定可以裝備！」

「要說能不能裝，當然是可以裝上去，但是啊！」
「是ＢＯＳＳ掉的裝耶，絕對很強！絕對有效！」
「不過，裝上去絕對會被詛咒吧！」
是啊，十之八九會被詛咒。
畢竟是打敗不死族怪物後掉落的道具。
裝備讓人感受到一股邪氣，感覺一旦裝上後就會被操縱意識而失控。
「來，傳給你！」
「會被詛咒！會被詛咒啦！」
「來，傳給你！」
「等等！不要丟過來啦！」
那個被認為有詛咒性質的物品就這樣被優介當作傳接炸彈遊戲一樣開始亂拋。
我們死命地把道具塞給別人，開始大肆喧嘩。
（雖然還不到遭天譴的等級就是了。）
這只是件裝備品。並未寄宿著神殿騎士的遺志。
我是想這麼認為的。
「等等，現在不是胡鬧的時候吧。」

「啊啊？」

「快點開始找目標物吧。」

「抱歉抱歉。」

優介開心地玩鬧，小蓮也被他釣上鉤一同嘻笑。

我有些嚴肅地告誡他們，率先朝祭壇的方向前進。

（沒錯，因為這裡有著那個。）

現在不是玩樂的場合。

我想快點親眼一睹那東西的真面目。

（異世界轉移的鑰匙。）

最後一把鑰匙，應該就藏在這裡才對。

契機只是件微不足道的小事。

買下氣派的獨棟房屋，親手改造成理想的模樣，接下來前往冒險者公會露面，在那裡被庫林格先生的女兒給糾纏——

經歷了上述所有事件後，我們前往王立圖書館。

「要是能找到線索就好了呢。」

「是啊——」

嘴巴上這樣說著，但其實我並沒有相當期待。

怎麼說呢，至少可以找到一些轉移者的片段紀錄吧——

一面心想，我不帶期望地詢問圖書管理員。

沒想到。

「有的，有文獻喔。」

「「「什麼？」」」

「是有關異世界轉移的書對吧？書庫裡面有。」

「「「啥……？」」」

無法置信。

還以為是什麼笑話。

管理員卻走向櫃檯深處——

約莫五分鐘後，乾乾脆脆地把那個拿了過來。

「來。《異世界探訪錄》。」

「就是這個……？」

「是的。來自異世界的人們所留下來的手寫紀錄。」

乍看之下只是本平凡無奇的書。

茶色的皮書封，大學筆記厚度的薄薄書頁。

封面標題由這個世界的共通語言寫成，只看一眼也無法辨明是否為真貨。

但是，我們很清楚。

正因為是我們才能明白。

最重要的書本內容，從最初到最後一頁——

是由日文寫成的！

「唔哦哦哦！」

「這、這是……！」

「是真的紀錄？」

我們移動到圖書館的角落，一股腦地翻閱著書頁。

沒有錯，是日文。這本書是用日文寫成的！

無論讀幾次都一樣！這是用日文寫成的手記！

「太好啦啊啊啊啊啊啊啊！」

「太好了！成功！」

「終於找到線索了呢！」

何止是線索，這手記甚至記錄著關鍵的核心。

換言之，就是我們在尋找的「回歸原本世界的方法」。

透過作者之手詳細記載著解決之道。

「位於伊森德北部，有個名叫『轉移之門遺跡』的地方。」

「「哦哦！」」

「只要使用設置在遺跡最深處的裝置，好像就可以前往任何地方！」

「「哦哦哦！」」

「但是要啟動裝置的話需要有動力源。」

「「哦哦哦……？」」

「為此，好像必須收集到三把鑰匙。」

「「聽起來就是這麼回事！」」

我和小蓮對著朗讀書本內容的優介揚起了歡聲。

這和至今為止找到的寒酸紀錄不同。

也不是那種不知真偽的傳聞。

這本《異世界探訪錄》正是我們一直在尋求的東西。

「將這本書獻給和我一樣陷入相同困境的人們。請你們絕對不要放棄希望。我會祈禱你

們能平安回歸，並留下這本手記……上面這樣寫著。」

「多、多麼親切的人啊……！」

「字裡行間深刻感受到那個人的善良……！」

我們用手腕按住眼睛，發出「嗚嗚～！」感慨至極的聲音。

不過，現在要感動還太早了。既然找到回歸的方法了，接下來必須要確認方法的可信度。

「好──！那麼先前往遺跡進行確認吧──！」

「「哦──！」」

「結束之後，接下來就要尋找鑰匙和動力源！」

「「哦哦──！」」

因為像這樣大肆喧鬧，被圖書館的人狠狠發了火──

然而，我們依然無法克制住喜悅。總算捕捉到具體的希望了，優介和小蓮甚至偷偷流了幾滴眼淚。

正因如此，之後我們才能毫不氣餒地繼續展開行動。

打從在王立圖書館發現《異世界探訪錄》以後，又過了一年。

我們在伊森德國內東奔西走，時而遭遇大失敗，終於來到拾起最後一片拼圖的關鍵時刻。

「有了！是這個吧。」

「哦哦哦！這就是第三把鑰匙！」

「看起來沒有錯呢。」

無罪聖殿騎士所鎮守的地下神殿最深處。

打開安置在最裡頭的棺木後，聖職者風格的木乃伊身旁有著隱約閃現紅光的銀色鑰匙。

「很好！」

「這麼一來……」

「最後的鑰匙！」

「「「到手啦～！」」」

拿走鑰匙，一行人齊聲擊掌。

如此一來就湊齊所有鑰匙了。只要在「轉移之門遺跡」使用，我們就能回到原本的世界。

「太好啦啊啊啊！」

「這樣就可以回去了呢……」

「好漫長啊。」

來到異世界後過了一年。

接著移住到格蘭菲利亞，又過了一年。

總共兩年的漫長時光，我們都在這個世界迷茫徘徊著。

「不知道妹妹還記不記得我。」

「賽希爾應該記得喔！牠很聰明嘛。」

「說不定牠早就把你忘得一乾二淨了喔。」

「聽你在亂說！」

聊著家人和愛犬的話題，他們兩個望向遠方。

他們視線的另一端想必正蔓延出故鄉的景色吧。想見的人們，想歸返的城鎮，必定色彩鮮明地浮現在眼中。

「唔哦哦哦哦！等我回去吧，賽希爾——！」

「我的家人們——！」

「哈哈哈……」

把玩著最後一把鑰匙，我苦笑著守候他們兩個。

既然他們都如此喜出望外了，那我費盡一番努力也值得了。

我雖然沒有像他們那樣有回歸原本世界的強烈執著心——

即使如此，他們存在的地方就是我的歸屬。回歸後想必也有許多麻煩事要處理，但我心

中並沒有留在異世界這個選項。

「那麼，事不宜遲，準備回家嘍。」

「咦？這麼快就要走了？」

「再休息一下也可以吧。」

「就是因為還有其他事情要做，所以才要快點回去啊。」

「其他事情？」

「你們還有其他事情沒完成吧？」

我看向優介和小蓮說道。

而後嘩地一下，優介露出沉穩的表情點點頭。

「對喔……沒錯。」

看來他總算想起來了。

不，就算我沒提醒他，他也早就察覺到了才是。

（對吧，優介。）

你已經說過好幾次了吧。

說想要去那個地方。在旅途的最後，想要在那裡做出美好的收尾。

「走吧，優介。」

小蓮應該也已經意識到了。

那傢伙露出溫柔的微笑，伸手搭上優介的肩膀。

「畢竟是最後一次了。」

「是啊……」

優介小小地頷首，露出堅強的眼神說道。

「我們去消除遺憾吧。」

面對他的話，我和小蓮默默地點頭同意。

—2—

「你們做好心理準備了嗎……？」

「嗯。」

「準備好了。」

我們「自由人生」的三名成員站立在某道門錢。

老舊。非常老舊的大門。盯著懷有歷史感的木板紋路，我們不禁畏縮了起來。

然而，事到如今已經沒辦法回頭了。

正是為了穿越這扇門，我們今天才會站立在這個地方。

尤其是優介，他以不屈不撓的覺悟站在那兒。平時我行我素的小蓮今天也難得斂緊表情。

「那，我要開門嘍。」

聽見優介的話，我們默默頷首。

終於到來了。終於要打開神祕的門扉了。

有人曾警告我們一旦進去就回不來了。也有人拚死勸我們別想不開。

但是，我們終究揮別一切阻撓抵達這裡了。身後再也沒有留下退路，優介挺直身軀到可怕的程度。

「要出發嘍……！」

優介將手伸向門扉。

接著施力，把門往裡面推，繼續往裡面推。

「唔唔！」

「這是……！」

「哦、哦、哦哦哦……！」

厚重的門扉發起聲音，逐漸被推開。

眩目的光芒逐漸包裹了我們。

然後，門扉開啟的另一端。

等待著我們的是——

「「「歡迎光臨喲～♪」」」

吹彈可破的美麗大姊姊們。

「吶吶，蓮次你幾歲？」

「哦哦，我今年十八歲喔。」

「咦～！同歲耶！我跟你一樣大！」

「這樣啊，真是巧呢。」

「對吧～？真讓人驚訝。」

小蓮很受貓獸人女孩子愛戴。

那女孩似乎叫做咪雅莉的樣子？身材緊緻，虎斑紋耳朵和尾巴是她的特徵，一眼就能感受到是個活潑女孩。

「吶，哥哥呀，你是哪裡人？」

「你的黑髮好漂亮，讓人很興奮呢♪」

「我嗎？我是日本出身喔。」

「哇啊～！日本！」

「我懂～！有東方人的氣息嘛♪」

「『好中意你喲☆』」

「哎呀，真是敗給妳了！哇哈哈！」

優介則被淫魔蘿莉雙胞胎給分別挽住了兩邊手臂。

這兩個女孩好像叫做帕姆跟帕咪的樣子。外貌看來是小惡魔幼女，牢牢貼上頂著張色瞇瞇笑臉的優介。

（啊～……還被餵了那麼貴的水果。）

兩人被對待的方式都像是典型的冤大頭。

更正，咪雅莉的反應看起來不像是演技。

（優介那邊的話就讓人看不下去了。）

完全被迷得神魂顛倒，同樣身為男性，我完全不想站在他旁邊。

「那麼貴大，我先跟這孩子到二樓了。」

「哦，慢走。」

「我、我也……我也先過去了！」

「好喔～」

我獨自喝著酒，優介和小蓮則是和剛才的女孩子們挽著手臂消失了。一定是到房間裡享受了吧。想當然，才不是到房間裡玩什麼抽鬼牌之類的遊戲。

（是玩大人的遊戲啊。）

糾纏在一起又分開，可謂享受夜晚的摔角。

想必會讓人春心蕩漾。因此其他的冒險者才會警告我們「身體會承受不住」、「會走火入魔喔」。

（不過，娼館啊……）

嘴巴抵上酒杯，我環視店內的動靜。

格局本身和公會大廳沒什麼差異。寬廣空間裡架設了幾張桌席，外貌豔麗的娼妓們穿梭在其中。

娼妓。沒錯，娼妓。這裡是能夠和娼妓一起享樂的店，也是無論哪個城鎮都會理所當然存在的風化場所。

（果然是異世界啊。）

娼館什麼的，在原本的世界可是令人無法想像。

日本以前好像也有這類店面，各地也曾存在過公娼制度——

不過，淫魔所經營的娼館也只有異世界才有了。

因此，我們才會拜訪這間店作為最後的紀念。

「晚安呀。」

「……嗯？」

「一個人會不會很寂寞～？」

飄忽沉思時，我感覺到有人坐到了我旁邊。

柔軟的聲音。芬芳的薔薇香水。這個人也是娼妓吧。身穿黑色晚禮服的女性湊近我，窺視我的臉龐。

（等等，胸部好大！）

大到根本是種暴力了！

視野大部分幾乎都被胸部給占據了！

（就像是巨大史萊姆一樣！）

具備沉甸甸的重量感，同時兼具著柔軟性。

面對令人恐懼的強敵，我甚至感到戰慄——

「你、你沒事吧？」

「啊！」

被搖動肩膀，我總算恢復意識。

不、不妙。一瞬間就失神了。

我還沒有大意到會中了【魅惑】，也就是說，剛才只是被那純粹的性感給迷惑了才是。

我這副模樣根本沒辦法嘲笑一臉色瞇瞇的優介，也沒辦法嫌棄意外對這檔事很有興致的小蓮。

「呃、呃呃。是的，我沒事。」

「是嗎？」

「是的，沒問題。」

坐在我旁邊的，是簡直像是色誘宗師的大姊姊。

既然有尾巴和翅膀，這個人想必也是淫魔吧。

「請問怎麼了嗎？找我有什麼事嗎？」

「那個呀，我看到認識的人在這裡一個人喝酒，想說發生什麼事了。」

「認識的人？」

「是呀，我們是鄰居喲。」

「咦咦！」

這麼漂亮的人是我們的鄰居？

平常東奔西跑的緣故很少待在家裡，但我姑且記得附近住戶的長相。

對方既然會特地自報家門，或許我們曾經在哪碰過面才是。

「該不會妳是伊貝塔小姐？」

「答對了～♪」

下意識聯想到的也只有一個人而已。

那個住在附近公寓，看來像是年輕人妻的女性。

兼具女大學生的氣質，散發出的性感氣息屢次在周邊引起話題就是了。

「沒想到妳竟然是娼妓……」

「我沒跟你說過嗎？」

「沒有，我是第一次聽說。」

我們時不時會在麵包店巧遇，是多少會關照彼此的關係。

真沒想到會在這種地方遇到鄰居——

世界還真小，總會發生些出乎預料的事情。

「所以說，怎麼了呢？為什麼會在這邊一個人喝酒？」

「該怎麼說呢。」

「你不想像你朋友一樣去二樓做些開心的事情嗎？」

「我算是陪他們來的啦。」

沒錯，我只是陪他們。

來了娼館，卻沒打算和女人做那檔事。

我已經把這件事告知店內經理，也多付了酒錢和入場費。

儘管是筆龐大支出，哎，這也是所謂的必要經費吧。

「你陽○嗎？」

「才不是——！」

她還真有辦法頂著那張美麗面容說出這種話！

乍看之下很賢淑，但淫魔終究是淫魔啊。

「我啊，單純只是對這種事情沒興趣而已啦。」

「沒興趣？」

「就是所謂的草食系男子。我這個人正在枯萎啦。」

根據會對胸部起反應這點，還稱不上絕食系男子就是了——

即使如此，我還是沒有想要買春的心情。

（畢竟沒有實感啊。）

我不清楚付錢跟女人上床是什麼感覺。

更何況對象還是淫魔和獸人。被那種奇幻風的人服侍，自己簡直就像是童話故事裡的主角一樣。

（該說是更有遊戲世界的感覺嘛……）

果然還是很超脫現實啊。

這裡本來就是遊戲般的世界，如此一來根本像是十八禁遊戲一樣。

「等等，妳在做什麼啊！」

忽然聽到喀恰喀恰的聲音，原來是我的皮帶被解開了。

連釦子也被解開了。慌慌張張地把褲子往上提，伊貝塔小姐反而用驚訝的表情抬頭看我。

「什麼做什麼……我想說做點開心的事情呀。」

「我應該有說過我只是陪朋友來的吧！」

她真的有在聽人說話嗎？根本沒在聽吧。

伊貝塔小姐更加蹭了過來，她的眼睛閃爍著妖異的光芒。

「我很不行啊。對你這種孩子很沒轍。」

「什麼？」

「遇到說些『我正在枯萎啊』或是『我對女人沒興趣喔』的孩子時，總覺得會更想愛護他們……」

「咦咦咦咦！」

呼吸急促。散發出某種奇怪的氣場。

看來我意外啟動了不得了的開關。

我不懂詳情，但總而言之我現在的情況很危急！

「沒事的！一點也不可怕！統統交給姊姊我就好！」

「怎麼敢交給妳！不敢交給妳啦！」

「是非常非常舒服的事情喔～！」

「經理！經理啊啊啊啊啊！」

即使拚命求救，店內的經理和娼妓們也裝作沒看見。

說來也是，這裡可是娼館。是肉食系生物們的地盤。

她們怎麼可能會放過那種說出「我是草食系男子啦」台詞的獵物——

「「「好累……」」」

幾小時後，我們三個人拖著精疲力盡的身軀走在街上。

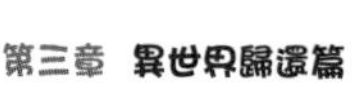


不需多說，我渾身破破爛爛的。優介像是被曬乾的魚兒一樣，小蓮甚至不知道為什麼身上還有抓傷。

「我還以為……連靈魂都會被吸乾……」

「那女孩一興奮起來就伸出爪子了呢。」

他們如此表示。

哎，詳情就不過問了，我希望優介差不多該用自己的腳走路了。

「然後呢？心中的遺憾已經消除了吧？」

「嗯啊。超級滿足。」

「我對這個世界已經沒有留戀了……」

「別死啦別死啦。振作一點。」

搖晃著癱在我背後發抖的優介，我回頭瞥了一眼身後的景色。

就要看不見繁華街的燈火了。

從這裡已經看不到我們之前拜訪的娼館「黑揚羽」的屋頂。

（結束了啊……）

今後想必再也不會涉足到此了吧。

我們會在幾天後完成轉移，回歸原本的世界才對。

（不過在這之前……）

最後最後，我還有一件事情要完成。

並不是想做的事情。而是非做不可的事情。

那就是——

「去和大家道別吧。」

向那些照顧我們的人打聲招呼。

就只是這樣而已。

—3—

「啊～？你們要回日本了？」

「喂，真的假的啊。」

「別回去啦。繼續在這個城鎮快樂過活嘛。」

前往冒險者公會的途中，被一群粗手粗腳的人們給包圍住了。

看來是我們的消息傳了出去。從年輕人到冒險者老手，以我們知道的熟面孔們為中心漸

漸聚集了起來。

「你們離開後會很冷清啊。」

「日本就是那個吧？一年到頭都在戰爭的國家對吧？」

「我聽說是黃金之國耶。整個國家都是用金子打造而成的對吧？」

「你們啊……好不容易安定下來了，現在卻要捨棄一切回去？」

「蓮次先生，不要回去啦～！」

「哦哦，這下總算清淨多啦……嘻嘻。」

「蓮次先生，不要回去啦～～！」

加上小蓮的粉絲，場面變得有點混沌——

不過嘛，整體而言大家都在為我們的歸鄉感到惋惜。也有人直接說出了不要回去這種話。

「你們在年輕人之中也是發展得相當好的呢。」

「明明之後會更有成長性的，果然還是想念故鄉啊。」

冒險者老手們則是顯得豁達。

畢竟相遇和離別對這個地方的人們而言早就是日常瑣事。

我們一提及要離開，他們也沒有特別想要挽留的意思。

（就好方面或壞方面而言都很淡然啊。）

我心想這種人際關係反而讓人感到舒適時——

「你到底是什麼意思啊！」

（出現了。）

「我可不會接受這種事！」

一頭燃燒般的紅髮從大廳盡頭裡竄了出來。

是公會領袖的女兒艾露緹。即使經過一年，艾露緹依然是那副嬌小模樣，她一面暴躁地咬緊牙齒，朝我一直線走了過來。

「回去？你真的要回去喔？明明還沒和我分出勝負！」

「不，什麼沒分出勝負，妳每次挑戰都輸了吧。」

「才沒有！我才沒有輸！是你這傢伙老是逃跑，一下逃到這一下躲到那的……」

「然後，最後妳被我打倒了對吧？」

「吵死了啦——！」

我被揪住胸口，她漲紅著臉發出怒吼聲。

這傢伙只要一出現總是這樣。似乎是對我燃起了對抗心理，像這樣一而再再而三找我麻煩，不知道為什麼我總是被怒吼的那個。

「我可不允許你贏了就逃跑！跟我決勝負！」

「勝負？」

「沒錯，誰先被攻擊到就輸了的動真格勝負！不然在這裡直接開始也可——」

「嘿咻。」

「……！」

攻擊到了。勝負已分。

我欺進艾露緹的破綻，輕輕給她一記手刀。

我的手法一如往常。要說哪裡不一樣，大概只有奇襲這一點吧。

艾露緹察覺到這一點，臉色再次被湧現出的憤怒給染紅。

「總有一天……總有一天我一定會打飛你！」

她丟下這句話，衝出大廳了。

「貴大，你是不是太壞心眼了？」

「至少比故意輸給她要好太多吧。」

「是沒錯啦……」

我是打算盡可能地顧慮她的心情。

艾露緹是會將不甘心的心情作為動力而成長的類型。像這樣直截了當讓她明白輸了，才

是更好的餞別禮才是。

我如此心想，向同伴表達我的想法。

「不，你這傢伙根本不懂……」

「啥？」

不知怎地，連優介都開始可憐我了。

「喂～你們三個！」

「啊、是～！」

「庫林格先生在叫你們！過來一下！」

「庫林格先生？」

其實就算他們沒有提起我們也打算去找庫林格先生，是什麼事呢？

我們面面相覷，前往大廳深處的接待室。

在那裡看見了庫林格先生的身影，矮桌上則周到地準備了三人份的茶水和點心。

「來啦，先坐下吧。」

他用下巴催促著，我們各自移動到座位上。

坐上鬆軟的沙發，用著不明所以的眼神看向庫林格先生。

「你們三個要回老家了是吧？」

「呃，是的。」

「我也聽說你們不會再回來了。」

「畢竟我們就是為了回到故鄉而四處奔走的。」

我們已經說過好幾次自己的目的了。

我們要回去故鄉日本。儘管對外界的說法是要回到東方的國度，但並沒有隱瞞本質的目的，一五一十表達了才對。

明是如此，為什麼事到如今他還要再次確認呢？

我們並沒有伸手碰觸茶杯，而是抱持緊張的心情等待庫林格先生開口說話。

「我是理解你們的目的啦。」

「……是的。」

「不留在這個國家嗎？」

「咦？」

「我在問你們有沒有打算永遠住在這個國家啦。」

聽起來不像是玩笑話。

看著庫林格先生正經八百的表情就能明白。這個人是認真說出這些話的。

正因為理解，我們更無法敷衍地給他答覆。

「你們三個應該也知道，我們公會裡並沒有卓越的人材。光比等級的話不會輸給其他地方，但就是找不到非其莫屬的年輕人。」

「我們也是普通人啊。別說什麼卓越人才了……」

「別裝傻了。你們和其他人不同。乍看之下一副吊兒啷噹的，卻有辦法和巨龍戰鬥，難道不是嗎？」

「「「…………！」」」

被他看見了嗎？

那場和混沌龍的戰鬥！

（不、不對。不是的。不是這樣。）

庫林格先生一定是憑感覺才對。

憑藉從以前到現在的相處進而察覺到我們並不是普通人。

至今為止他始終沒有戳破這點——

然而正因為是最後的最後，他才會像這樣挽留我們。

「坦白說吧，我很中意你們。甚至要把我家艾露緹嫁過去也可以。」

「那未免也太……」

「我是認真的。沒在開玩笑。」

我當然明白。他認真的氣魄，刻骨銘心地傳達了過來。

再加上這個人對我們有恩情。從在山中小屋相識起已過了一年，這期間我們得到了庫林格先生無數的照料。

（可是，正因如此——）

我才更不想用曖昧的態度糊弄過去。

「雖然你特地挽留我們……」

「啊？」

「但我們還是決定要回故鄉。」

「雖然受到你諸多照顧，這樣回絕很忘恩負義……」

「但請容我們拒絕你的邀請。」

小蓮，優介，還有我，三個人連起了話語。

最後，我們深深低下頭，了當地表達出婉拒的意志。

「……………」

庫林格先生沉默不語。

沒有憤怒，沒有驚訝，只是靜靜地凝視著我們。

「你們心意已決嗎？」

「是的。」

「是嗎，這樣啊……」

我們回覆他短短的詢問。

他想必是從我們的聲音中感受到決心了吧。

庫林格先生面帶惋惜地說著話——

同時像是為了強硬斬斷自己的留戀般，氣勢十足地拍打自己的膝蓋。

「哎，抱歉為難你們了！忘掉我剛才的話吧。」

「庫林格先生……」

「我會祈禱你們旅途平安。」

他從沙發上站起來，就這樣走出了接待室。

被庫林格的行動給影響，我們也慌慌張張地站起來——

跟上去時，已經找不到他的身影了。

「庫林格先生……」

「直到最後都是很豪爽的人呢。」

小蓮說的沒錯。

其實他想要更加挽留我們才對，卻決定不表露出一丁點心中的本意。

他只是尊重我們的意志，在最後一刻笑著與我們道別。這就是這個國家最具代表性的冒險者，名為庫林格的男人之氣魄。

「不過啊，這樣真的好嗎？」

「你指什麼？」

「留在這個國家的話不是感覺能活得更開心嗎？」

「是沒錯啦。」

即使回歸原本的世界，也沒辦法像現在這樣獲得眾人的喝采。我們在格蘭菲利亞裡擁有房子，對城鎮本身也有了歸屬感。

「但是我們終究是局外人嘛。」

「小蓮。」

「離開這裡一定比較好。」

「你說的、也對啦……」

這兩年間，持續在異世界流轉——

能充份感受到我們就是異端分子般的存在。

說是不小心混進來的異物也行。總之我們的存在太過特殊，就算決定在這裡定居，想必也無法完全習慣這個世界的種種生態。

「還是回去吧，回到屬於我們的城鎮。」

回去吧，回到我們原本的世界。

我們待在公會大廳的接待室裡，鞏固了最後的決心。

—5—

完成了所有想做的事情。

結束了所有分離的訣別。

接下來只剩下打掃和整理房屋了。

這用不著仰賴他人，光靠我們三個人就能順利進行。

「真是依依不捨呢。」

「都到最後了，至少把房子打掃乾淨吧。」

「要秉持著有始有終的精神！」

說著諸如此類的話，我們開始清掃窗框，或是用抹布把地板擦乾淨。

最後，我們把這棟房子捐給了公會。

畢竟庫林格先生給予我們不少照顧，連買房子時也由他擔任我們的保證人。

我們心想至少要回報他才行，趁著昨天完成了轉交手續。

「他們好像會以暫時接管的形式收下房子。」

「其實直接賣掉也可以啊。」

「笨蛋，要是轉移失敗的話，我們不就無家可歸了嗎～？」

「會成功吧，你不要亂插奇怪的旗子啦。」

「總之，都到最後了，坦率接受他們的好意吧。」

那時候，我打從心底對大家愛操心的情緒感到傻眼。

別說什麼失敗了，不就只是啟動轉移之門，然後回到原本世界而已嗎？

這是已經確定的程序，我們根本不可能再回到這裡了。

我甚至認為根本不需要準備面對最壞結果時的保險。

哎，我當時也很年輕啊。說來也只是個十九歲的年輕小鬼頭。

一路走來都很順利，因此想著之後也會一帆風順才對。

然而現實不僅殘酷，更是無法預測——

我們撞上了一道出乎預料的厚牆。

「唔哦哦哦哦哦哦！」

「都已經……都已經來到這裡了！」

「哪能夠就這樣死掉——！」

位於「轉移之門遺跡」的最上層，關鍵的轉移之門所在的遼闊空間——

我們正與強悍的ＢＯＳＳ級魔物對決。

「竟然會出現世界之門守護者？」

「雖然和字面上的名字一樣，就是個守衛……」

「但那本書上沒有寫啊！」

究竟是作者不知道會有敵人，還是他也被敵人給幹掉了？

總而言之，書中完全沒有記載著守護者的存在。加上＠wiki 裡也沒有情報，面對這樣最終ＢＯＳＳ現身的局面，我們陷入了極大的混亂。

「喝啊、喝啊、喝啊……！」

「來，『高級回復藥』。省著點喝啊。」

「謝謝……咳咳。」

我把回復藥交給負傷的小蓮。

擔任前衛會受傷是理所當然的，但藥品消耗未免也太快了。

（這傢伙也是兩百五十級嗎？）

看來沒錯。

即使施展了【分析】也沒有出現名字以外的情報，看來這傢伙具備和我們相同、或者更甚的力量。

我這麼推測應該也沒錯。

「ＵＲＲＲ……」

「糟了！」

「快閃開！」

打算先保持距離觀察對方時，守護者從單邊眼睛裡射出了光束。

那是令人恐懼的熱能。瞬間融解了石牆，閃躲攻擊的我們也遭受熱風襲擊。

「要是被擊中就死定了啊。」

「連遠距離攻擊都會，到底是怎樣的魔像啊！」

「但是動作看起來很遲鈍……」

看來是為了彌補速度方面的短絀，更加強化了技能、力量與防禦力。

我們只能暫時從大廳撤退，開始討論有關守護者的對策。

「不把那傢伙處理掉是沒辦法進行轉移的。」

「要戰鬥嗎？應該說打得贏那傢伙嗎？」

「光是把它推出去，感覺是能拖延時間……」

「但那個光束很恐怖啊。至少要把光束給封印起來！」

要說什麼很恐怖，當然是穿越轉移門的瞬間被盯上的話會很恐怖。

插入啟動鑰匙時也需要時間，啟動本身會花費多少時間更是不得而知。

重點在於如果不想想辦法對付守護者，我們就無法回到原本世界。在短促的時間內再度確認這點，我們對彼此頷首。

「看來只能打了。」

「是啊！『自由人生』最後的戰鬥！」

「和平常一樣進攻吧。首先，先由我來擾亂敵人。」

即使面對預料外的苦戰，我們也絕對不會洩氣。

因為這裡有著我、優介和小蓮。

三人同心協力就能克服任何難關。只要我們三人在一起，可以跨越任何高牆。

這就是「自由人生」，我們的精神直到最後的最後都不會變——

我們懷抱著這份理念而戰，但是——

「咳、喝啊！」

「小蓮！」

「優介，退下！你會被盯上的！」

世界之門守護者卻比想像中還強大。

守著轉移之門的門衛碰上我們的攻擊也絲毫沒有動搖。

魔法被彈開，劍刃無法斬斷，我的小刀則像是飛蟲一樣被揮開——

更甚者，對方的攻擊擁有一擊必殺的威力。面對這蠻橫無理的能力之差，優介甚至湧現出一股怒意。

「那個該死的魔像……！」

「好了，快點退下！後退！」

「唔唔……！」

一面掩護受傷的小蓮，我讓激憤的優介也退到大廳外。

只要退到範圍外，那個守護者也會變得安分。想必它的守備範圍只有轉移門周遭，除此之外的地方對它而言無關痛癢吧。

這點雖然讓我們得救，但守護者停在門前不走也是個問題。

沒辦法把它引誘到別處，也無法仰賴力量輾壓過去，我們無論如何也無法找出解決方案。

「到下面的階層挖一個洞讓它掉下來之類的？」

「別啊，感覺會波及到轉移門。」

「啊，那在大廳外攻擊它怎麼樣！」

「光靠魔法或飛刀，火力不足啦。」

看來那個守衛甚至具備了【自動治癒】的能力。

遭受輕微傷害時會當場恢復生命力，即使給予其重擊，隨著時間流逝也會自動恢復如初。

「如果能短時間決勝負，盡可能削減它的力量就好了……」

「放棄吧。我們會先全滅。」

我們已經沒有餘裕再加強進攻火力了。

對手可不是練習用的靶子，會防禦也會反擊，為此我們必須使用技能和道具才有辦法應對。

但是如果這麼做的話，攻擊火力終究是不足——

「現在的我們……」

「…………」

「打不贏……那隻魔物。」

小蓮沉重萬分地說道。

我沒辦法否定他的話。優介也沒有出聲反駁。

我們三個人無法打倒那個世界之門守護者。

這是經歷實戰後刻骨銘心嚐到的事實。

「至少就現在的戰力而言是沒辦法對付它的。」

「但是，根本找不到其他能夠跟它匹敵的人啊！」

「嗯……找不到。就算是庫林格先生也沒辦法。」

連那個最強騎士也辦不到吧。

說不定即使聚集國內所有戰力也無法抗衡。

再增加和我們等級相同的五個人。不，只要再三個人或許就能改變局勢。

（但是沒有的東西再怎麼想就是沒有……）

這類似遊戲卻又並非遊戲的世界裡，甚至連要呼叫朋友來也辦不到。

「那、那這樣好了！我們更加研究那傢伙的情報吧！」

「調查弱點的意思？」

「沒錯！只要清楚攻略方法，沒有打不倒的敵人！」

「說的、也是。優介說的沒錯。」

優介和小蓮好像在說些什麼。

他們還沒有完全放棄吧。拚命地尋找著對策。

可是，沒辦法吧。那個守衛可不是光靠一點功夫就能攻破的對手。

絞盡腦汁就能打倒那傢伙嗎？還是只要費盡全力就能擊敗任何敵人？沒那種事吧。這個世界有著能力值差異的規則，可沒有天真到光靠鬥志或心願就可以翻轉。

「只要花費時間，什麼樣的敵人都能打倒！」

「沒道理贏不了，對吧？」

他們還在堅持。

明知辦不到，卻頻繁地把希望掛在嘴邊。

「我說，貴大也這麼想對吧？」

「只要我們三人一起……」

優介露出了快哭出來的笑臉。

小蓮疲憊地垂下頭。

即使他腦袋否定著失敗，內心卻已經受盡挫折。

這份扭曲彰顯在表情上，他們倆都露出了我未曾見過的臉。

（到底為什麼……）

為什麼要露出那樣的表情啊。

為什麼不像平常一樣開朗笑著啊。

你們不是明明沒有根據卻認為能辦到任何事情，總是露出笑容嗎？

任何痛苦的時候都絕不氣餒，始終向前看才對。

（我……）

我並不想看到那種喪氣的表情。

我再也沒辦法放任他們的消沉與晦暗。

所以——

所以，我——

「還有辦法。」

「……咦？」

「我說雖然沒辦法打倒它，但還有辦法。」

身處在連結著大廳的迴廊，我面向兩人說道。

有辦法。沒錯，我還留有手段。

「我會使用之前學到的技能。」

「技能……？」

「叫做【暗影束縛】的招式。是以前還在遊戲裡所沒有的殺手鐧。」

「既然叫做束縛，是拘束類的技能嗎？」

「沒錯。因為沒有使用的機會，從來沒用過就是了。」

「既然對手是那個守護者，那就能用了吧！」

「就是這個意思。」

世界之門守護者確實是個強敵。

但是，並不代表沒有攻略方法。既然無法擊敗那傢伙，只要封住它的行動再穿越轉移門就好了。

「由我擔任先鋒。魔像朝我過來以後，你們就跑出去。」

「我們繞到另一邊對吧？」

「對。接著，那傢伙朝你們轉身後，我就會施展束縛。」

「接下來的時間，我們再啟動轉移門……」

「等到最後的最後，我再闖進門裡，就是這個計畫。」

理論上應該能成功才是。

即使失敗了，只要退回原路就好。

這點容錯率可以用我們的實力挽救。只要轉為守勢再撤退就好，很容易。

「不過，怎麼說，會成功吧。因為有我負責支援啊。」

「哦哦，還真是滿滿的自信。」

「很可靠喔。」

找回希望的兩人臉色變得明亮。

嗯，這才是優介和小蓮。

「自由人生」的三人，無論何時何地都得保持這種氣氛才行。

「聽好了，要認真點喔，別在途中跌倒嘍。」

「這是我的台詞啦！這場作戰你可是關鍵啊！」

「別緊張別緊張，有什麼萬一的話，我會抱著他跑的。」

「你乾脆從一開始就這麼做吧。」

「你們當我是老頭喔！」

一邊相互鬥嘴，我們再次確認身上的裝備。

我繫緊逐漸鬆開的鞋帶，讓優介重新對我施加強化狀態——

準備齊全了，我們再次回到廣場前方。

「好，那麼出發啦！」

「哦哦！」

「要全力以赴喔！」

互相道出激勵，我們闖入大廳中央。

守護者似乎是重新回到了警戒姿態，發射出先前那種光束。

我則用飛快的腳程閃避攻擊，朝大廳左方奔跑。

「RIRRRR！」

（和我想的一樣。）

這傢伙只會瞄準靠近轉移之門的人。

畢竟是守衛。它就是為了這個目的而被創造。

具備明確的優先順序，因此行動基準也相當容易解讀。

（但是！）

一旦它鎖定攻擊目標，果然變得更難閃避了。

光束的射擊精準度逐漸提升，守護者本身也慢慢逼近距離。

（又來了！）

優介和小蓮已經進入大廳當中了。

和擬訂的計畫相同，我開始從反方向迂迴。

我要算準守護者轉移目標的一瞬間。那道紅色獨眼不再瞄準我，但也還沒停留在另外兩

人身上，不上不下的那個瞬間——

（就是現在！）

「【暗影束縛】！」

我腳邊的影子開始延展。

黑影連結到守護者的影子上，形成黑色的鎖鏈。

（很好！）

【暗影束縛】成功了。

守護者想甩開黑影，卻還是停下了動作。

它的獨眼飄向斜上方，身體再怎麼喀喀作響都無法動彈。

「幹得好！貴大～！」

「就這樣再堅持一下！」

優介雀躍得手舞足蹈，小蓮朝著轉移門全速全進。

轉移門的構造本身在當初勘查時就有所把握了。只要把鑰匙插進旁邊的台座，就能啟動拱門狀的門扉。

「一把、兩把……」

「第、第三把……！」

「不要慌張。冷靜點轉開吧。」

兩人抵達台座，分工將鑰匙放入鑰匙孔內。

就快了。還差一點，用來轉移的大門就會開啟。

「GRRRR……」

「你給我、安分、一點……！」

透過鎖鏈，我可以感覺到守護者的力量開始高漲。

（不過、還沒有……！）

還不行，還差一點點，我要、封印住、你的行動——！

「唔～～～～～～～～！」

我絞盡自己的力量，同時間，澄澈的聲音響徹大廳。

成功了。能夠前往期望之處的大門正發揮功能。

「哦、哦、哦哦哦……！」

那道光芒和連結迷宮階層的傳送門很相似。

但決定性的差異在於轉移門另一端似乎永無止盡地延伸著道路。

（光之道……）

不愧是符合最後情境的構造。

只要朝著那道光芒前進，我們終究能回到原本世界的吧。

（太好了……）

真的是太好了。

我持續束縛住守護者的行動，打從心底想道。

「快、快點走吧！」

「嗯！貴大也快點！」

優介首先跳進了光芒裡。

接著是小蓮，他穿越門扉，朝著我呼喊。

「以貴大的腳程一定來得及！」

「沒錯！快點過來！快跑啊！」

小蓮在呼喚我。優介在呼喚我。

叫喚我快點解除技能，朝他們的方向跑過去。

如果沒意外的話我當然會這麼做。我確實有辦法按照字面上的意思飛奔到門裡，就這樣成功逃脫。

然而——

「太天真了。」

「…………？」

我們終究是太天真了。

年輕氣盛、純粹、深信著世界會隨自己的念頭而運轉。

「你們兩個啊……」

你們真的以為會有那種技能嗎？

零風險、高報酬、甚至能夠起死回生的方便技能。

「使用技能後的硬直時間。」

「貴大……！」

我的一句話足以說明一切。

沒錯。就是這樣啊。這個技能有硬質時間這種缺陷。

使用技能後的五秒，我的身體會連指尖都無法動彈。

【暗影束縛】正是如此難以運用的捨身技能。

「貴大！」

「你這傢伙！」

兩人打算折回大廳。

卻被看不見的牆壁給阻擋，在中途便停止了動靜。

（果然啊。）

假設轉移門是類似傳送門的構造，那想必是條單行道。

一旦踏入，直到轉移結束前都無法回歸原本的場所——

正是理解這點，我才會要求他們兩個先進到門裡。

「貴大，為什麼，為什麼……？」

「你打算一個人留在這裡嗎！」

「貴大！」

「你這傢伙難道不想回家嗎？」

優介因憤怒而發狂。小蓮則困惑地流下眼淚。

即使如此，沒錯，他們說得沒錯。我並沒有想要回去。

想要回家的是優介。

渴望再見家人一面的是小蓮。

無論哪個都是他們的願望，並不是我所渴求的。

（我、只是……）

我只是想陪伴在他們身邊而已。

陪在他們身邊，永遠與他們一同歡笑。

然而，這種孩子氣的心願根本——

（我從很久以前就察覺到了……）

總有一天，我們也會成長為大人。

成為大人，走上屬於各自的道路。

如今，分道揚鑣的日子只是在這天到來而已。並不是什麼哀傷的結果。

「貴大！」

「貴大啊啊啊啊！」

轉移的光芒逐漸增強。

兩人的聲音漸漸地遠去。

拱門狀的廣場發出細微的震動，慢慢的，連站立在原地都變得艱辛。

終於啊。終於臨近這個時刻了。

對我而言，此時此刻應該是再高興不過的事情才對。

「後會有期了，你們兩個。」

眩目的白光之中，我在最後如此低喃。

我的聲音或許微乎其微地傳達給他們了吧。兩人在最後吼叫著什麼——

「「…………！」」

跳。

聲音宛如被施加煞車，光芒從廣場中消散了。

「喝啊，喝啊、哈、哈……」

轉移成功了。他們兩個看來是回歸原本世界了。

現場剩下的只有我和守護者。要是它也順便一起消失就好了，可惜這傢伙依然活蹦亂

「ERRRAAAA！WRRRRRR！」

「活該，混帳魔像。」

盯著不斷爆發出尖銳高叫聲的守護者，我總算解開了【暗影束縛】。厚重的疲勞感充斥全身，名為硬直時間的反動襲擊著我，幸虧那傢伙似乎沒把注意力放在我身上。守護者半發狂地衝向轉移之門，我小小聲嗤笑著「明明只是個魔像而已」。

「GGGGAAAAATEEEEE……」

世界之門守護者好像在尋找著消失的那兩人的蹤影。

但是，他們兩個早就不在這裡了。

他們已經回歸原本的世界了。

（不過，總有一天……會再見面的。）

我拖曳著沉重的步伐朝大廳外移動。

從頭來過吧。為了再次挑戰這傢伙，讓一切重新來過。
（首先要先確保動力源，對吧。）
然後蒐集三把鑰匙。
並且，也需要湊齊足以擊敗這傢伙的戰力。
（就算花費好幾年、好幾十年……）
我也要再見他們兩個一面。
絕對、絕對要回到原本的世界。
我懷抱著這個決心離開現場——
「吼吼吼吼吼吼吼吼吼吼吼吼吼吼吼吼吼吼！」
「什麼？」
突如其來的大聲響震耳欲聾。
（怎麼回事？）
不是地震。
是那傢伙，守護者正把大廳破壞個稀巴爛！
「喂、喂！住手啊！」
「吼吼吼吼吼吼吼吼吼吼吼吼吼吼吼吼吼吼！」

「我叫你快點住手！」

制止聲起不了任何作用。

守護者像是發狂般猛力打碎大廳牆壁與地面。

並且使用光束瘋狂掃射。眨眼間，大廳被炸到滿是坑洞，能夠透過崩塌的天花板縫隙中窺視到藍天。

「該死！」

再這樣下去很不妙。

要是放任它繼續暴走，轉移門會崩壞！

我如此心想並衝上前去，守護者卻早一步掄起拳頭——

「住手……」

「吼吼吼吼吼吼吼吼吼吼吼吼吼吼吼吼吼！」

「住手啊啊啊啊啊啊啊！」

瞬間，光芒再次照亮廣場。

被砸壞的轉移門散發出爆發性的光輝。

我被那道光芒吞噬，守護者的身影逐漸消失在視野中——

「……………………」

回過神時，那裡已經空無一物。

字面上的意思，真的什麼也沒有。

找不到轉移之門與守護者，我獨自一人癱倒在荒野。

「究竟、發生……」

究竟發生了什麼事。

匍匐在地，瀏覽著四周，周遭果然只有沙土和小石子。

「…………？」

手邊好像碰觸到了什麼。

有東西？好像能看見什麼被埋在土砂裡頭。

「這是……」

還真是巨大的柱子。

總覺得好像在哪見過。

「啊……？」

意識漸漸清晰起來了。

這個、莫非是……轉移門的一部分？

而我眼前的小山丘，則是「轉移之門遺跡」的殘骸——

「啊、啊、啊啊啊……！」

不，不是的。是錯的。不可能發生這種事。

「騙人、騙人，不可能會……！」

我像是要挖空小山丘的斜面般開始挖掘。

沒問題的。現在還沒有問題。不可能。不可能會發生那種事。

只是稍微崩塌一點而已。有辦法修好。我可以挽救的。並不是全部的東西都毀了啊。

「不可能……不可能……」

我像是在催眠自己，一味地自言自語，動手挖掘。

指甲傳來剝落般的疼痛。指尖似乎被什麼割傷流出了鮮血。

但是我、我說什麼也、說什麼也無法放棄——

「沒錯，怎麼可能會發生這種事情……！」

我說給自己聽，口氣荒唐得像是在開玩笑。

不可能有這種結果。轉移之門才不可能被毀掉。要是毀了，我不就沒辦法回去，獨自一人被留在這個世界了嗎？

最後的希望。一縷的心願。

只要轉移之門平安無事，總有一天我一定可以回到日本——

「…………」

最後出現在我面前的，是被毀壞得不成形的轉移門殘骸。

絕大部分慘遭粉碎、擠壓、混雜著沙子與塵土。勉強能辨別是遺跡殘骸的零件只有柱子，其他部分都成了細小的碎片。

即使外行人來判斷也知道無法修復。損毀到這種地步，就算請魔法技師來檢查也無計可施。

那麼——

也就是說，這代表——

我已經失去了回去的手段——

「啊、啊啊……」

「啊啊啊啊……！」

「嗚、啊、啊、啊啊啊……！」

「啊啊啊啊啊啊啊啊啊啊啊啊啊啊啊啊啊啊啊啊啊啊！」

我發出嘶吼。

足以撕裂喉嚨的叫吼。

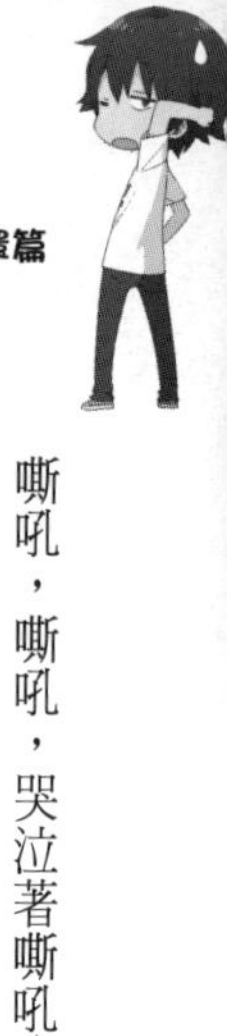



嘶吼，嘶吼，哭泣著嘶吼——

儘管如此，眼前的現實仍舊沒有改變，轉移之門終究沒有恢復原樣。

# 幕間劇　稀鬆平常的事

最一開始是很不順眼的對象。

幾乎光看一眼就讓人火大的男人。

那個叫做佐山貴大的東洋人——

他和自己簡直是完全相反的兩個人。艾露緹始終如此認為。

（那傢伙沒有霸氣啊。）

吵架不歡而散的幾天後，艾露緹仍然想著貴大的事。

直到最後的最後都被他敷衍了事，憤懣的情緒還是無法撫平。多虧這點，艾露緹老是思考著貴大的事情，導致這又讓她更加煩躁了。

（明明平常總是吊兒郎噹的。）

她很討厭他游刃有餘的態度。

也討厭他露出那種「像妳這種傢伙只要隨便應付一下就好啦」的表情。

（他究竟以為自己是誰啊。）

光是回想起來就滿肚子火。

那個聲音，那個動作，全都亂了艾露緹的思緒。

（雖然實力是不差。）

只有這點，怎麼說，要認同他也不是不行——

「啊——不行啦！這樣是不夠的！」

艾露緹從床鋪裡跳下來大叫。

身為一名冒險者，不能總是悶在房間裡不出門。

貴大已經回去故鄉了。為那種對象煩惱也顯得愚蠢，艾露緹褪去睡衣，換上輕裝後便飛奔到街上。

（還是去公會吧。去公會活動一下身體。）

艾露緹在街上奔馳，思考著今天的活動預定。

這幾天都待在房間裡，首先先簡單活動一下筋骨吧。

接著做些肌力訓練，暖身完畢後再和人比試比試。

（不知道有誰在？）

心中浮現出和自己等級相近的對手，艾露緹朝著公會本部前進。

而後，具有特色的建築物立即映入眼簾——

（……咦？）

類似圓形競技場構造的公會本部，門口聚滿了人群。

發生什麼事了嗎？艾露緹感到不安，加快速度擠進人群之中。

「喂，怎麼啦？」

「啊，艾露緹小姐。」

「沒有啦，其實是……」

熟識的冒險者們困擾地看向艾露緹。

有道人影倒在他們身後。是誰？

「貴大？」

沒錯，倒在那裡的是貴大。

即使全身沾滿髒汙，眼神失去了生氣——

但確實是貴大沒錯。艾露緹慌張地湊近他身邊。

「喂！發生什麼事了啊！其他兩個人怎麼了？」

艾露緹一邊追問，卻隱約察覺到一絲蹊蹺。

一定是發生什麼事了。因為這樣，只有貴大被留下。

「那個，是我們撿到他的。」

「這傢伙倒在路邊……」

公會裡有中堅實力的隊伍輕輕在艾露緹背後出聲。

唯唯諾諾的聲音。讓艾露緹不好的預感更加膨脹。

「這傢伙的同伴呢？」

「沒有看見……」

「那個，貴大那傢伙感覺就像是死了一樣。」

「連飯都沒有好好吃。」

「唔～～～～！」

艾露緹感到激昂，粗暴地揪住貴大的手臂。

然後就這樣把他拖走，走進公會本部裡頭。

「艾、艾露緹小姐？」

「小姐！妳要做什麼啊！」

「還用問嗎！讓這傢伙吃點東西啊！」

「不，所以說那傢伙已經……！」

「別管那麼多，總之先讓他吃就對了！」

自己究竟為什麼會這麼氣憤呢？艾露緹並不明白。

只是，平時飄忽從容的貴大竟然會流露出如此脆弱的身影——

她不忍目睹。不，是不想看見。

因此她才想快點讓他喝點熱湯，讓他恢復體力——

「停手吧。」

公會大廳的盡頭裡傳來沉重的聲音。

接著，看見有人慢慢地走進這裡。

「老爸！」

如同艾露緹所說的，那是公會領袖庫林格。

他瞥了貴大一眼，以令人出乎預料的冷淡口氣阻止艾露緹。

「妳別多管閒事。那是他自己的問題。」

「話不能這樣說吧！老爸你也說過冒險者們必須互相幫助！」

「我是不知道詳情，但一個人會突然變成這樣是很常見的。」

「……！」

「若是不打算靠自己振作起來，他永遠都會是這副模樣。」

艾露緹明白這番話聽來嚴厲，但事實上正是如此。

隊伍全滅。四肢受損。一旦經歷了失去珍重之物的痛楚，人們甚至有可能喪失自己的心靈。而今貴大正處於這種狀態，但是，正因如此，身為公會領袖的庫林格更無法對他有特殊待遇。

「沒有例外。首先先放任他，評估一下情況。」

「遵命。」

「他們三個的屋子，所有權應該還是屬於他們吧？」

「是的。還沒有找到買主。」

「那先把他帶到屋子裡吧。公會只能先為他做到這個地步。」

公會這類組織的性質和教會或療養中心不同。

若說沒有家人、沒有夥伴、也沒有可以投靠的人的話——

那就必須先確認當事人是否能自立，是否能透過自己的力量餵飽自己。

這是絕對的判斷基準。

（我知道。我明白的。）

父親的話很正確。

若是只獨厚貴大一個人，其他人也會萌生出撒嬌的期待。

（但是，即使如此……！）

艾露緹怎樣都無法放下此刻的貴大不管。

# 第四章　與優米爾的過去篇

—1—

轉移之門消失後過了一個月。

不，應該是過了兩個月左右吧。

我不太清楚。今天是幾月幾日也記不得了。

早晨與夜晚變得很冷，至少可以推敲出季節變成了冬天——

（隨便怎樣都好。）

真的，一切的一切都無關痛癢了。

「那麼，我先走了喔……」

「…………」

「你要好好吃飯喔。」

伊貝塔小姐說道，離開了起居室。

桌上放著加熱過的小麥粥，浮著暖呼呼的熱氣。

（明明不準備也沒關係……）

用不著像這樣照顧我也無所謂。

我不就只是和妳認識而已嗎？說穿了不過是在街上打過幾次照面，在娼館小小閒聊片刻的交情。

所以，妳沒必要一星期內拜訪這裡好幾次的。

拜託妳別再管我了。

（我想死。）

灰暗的衝動彷彿病情發作般湧現而出。

我想死。好想死。想從這個世界消失。

我想在這裡結束自己的人生。我不想再活下去了。

（明明我根本沒勇氣自殺。）

腦袋裡冷靜的部分和往常一樣指責著我。

不過，那些都是實話。我想去死。好想死。好想解脫——！

（但我不能死。）

蜷縮著背部跌倒在地、被悲傷吞沒而受苦，即使如此我依舊沒有死去。

因為他們說不定會回來。說不定是小蓮，說不定是優介，說不定會有人回到這個家。一面想著哪可能會發生這種事情，我卻只能夠依附這個願望。

然後等待了好幾天、好幾天、好幾天、一味等著——

「貴大。」

「……………」

「喂，貴大。」

不知不覺我好像失去了意識。

抬起頭來，可以看見艾露緹站在起居室裡。

「你沒事吧？有好好吃飯嗎？」

「……………」

「臉色很差。你乖乖去床上睡覺啦。」

憂心忡忡的表情。憂心忡忡的聲音。

我也實在搞不懂這傢伙。

為什麼老是要關心我這種廢人呢？

（別管我了……）

你們不應該和我有所牽扯。

放我一馬，自個兒到別的地方去冒險吧。

就算造訪這種地方，對你們而言也不會有任何好處——

「喂，你還記得嗎？」

「…………？」

「去年的這時候，我和你一起組成隊伍了對吧？你自己一個人來我家，被分配了偵查的工作。」

「…………」

「稍微潛入迷宮晃一圈的工作。還記得對吧？」

這傢伙突然在說些什麼啊？

組隊？那又怎樣？

「你因為太愛鑽來鑽去了，所以被大家叫做老鼠對吧？大家說你雖然眼睛很利，但果然還是像隻老鼠。」

「艾露緹……」

「之後的委託你也一個人赴約了對吧？因為你是個很方便的傢伙，在那之後也常常被叫來工作……」

「喂，妳……」

「過來『史卡雷特』吧。」

唐突地，艾露緹面色正經地說道。

「像以前那樣來我們這裡工作就可以了。」

看來我沒有聽錯她的話。

剛才還笑著的艾露緹此時用無比認真的表情看著我。

「老爸他也認同你。公會裡的成員們其實也都接受你了。」

「………」

「這樣下去是不行的，你必須振作起來啊！」

艾露緹把手搭上我的肩膀。

她欲言又止一陣，然後——

「我雖然不想這麼說，但是……」

「………」

「已經不在的傢伙……你就，忘了吧。」

「…………！」

瞬間，腦袋一片空白。

我捉住正打算站起來的艾露緹衣襟，直接把她撞向牆壁。

「妳懂什麼！」

「…………！」

「明明沒有嘗過失去同伴的痛苦！少裝作一副很懂的樣子！」

艾露緹的表情因為震驚而鐵青。

她多半是沒料到會變成這種局面。纖細的身體像是小狗一樣顫抖。

見狀，我更加感到煩躁——

「如果真想安慰我的話……」

「咦……？」

「那就用身體啊。妳姑且也算個女人吧。」

「…………！」

「妳懂意思吧？妳不是說過自己能獨當一面了？」

我發出的聲音，連自己都能感受到是個無比的人渣。

我正在對小我五歲的女孩子做出最差勁的舉動。

我卻沒打算道歉，也沒放開緊揪住她的衣襟。

豈止如此，我甚至把手伸向她的胸部，緊緊扯住——

「……………」

起居室內響徹著乾枯的聲音。

艾露緹按住她的胸口，已經從我手中逃脫了。

她與我拉開一段距離，凶狠地瞪視我。

半晌，她的眼睛裡逐漸盈滿了淚珠。

「我、我是……」

「我是真的認為你是個很了不起的冒險者！」

「常常看起來吊兒啷噹，實際上是非常可靠的傢伙！」

「你真的是很厲害的傢伙……」

「我明明、是這麼想的……！」

淚水滑落，艾露緹哭了。

她沒有擦拭眼淚，只是任由感情奔馳而持續哭泣。

同時，她看起來卻也像是在生氣，最後一刻則露出嚴厲的表情。

「我不想管你了！」

「像你這種人，在路邊死死算了！」

「如果你真的那麼想死的話……」

「那就隨便你去死吧！」

單方面丟下狠話，艾露緹衝出了起居室。

和我預想的相同。照她那副模樣，應該再也不會來找我了。不再和我這種人有所牽扯，繼續作為冒險者活躍在業界吧。

「哈、哈哈哈……」

我自然而然地發出乾渴的笑聲。

自我滿足和自我厭惡簡直快讓腦袋發瘋了。

（去死吧。）

我打從心底想著。

這次已經聽不見另一股阻止我的聲音了。

在那之後我連大衣也沒穿，搖搖晃晃地走出門外——

（真要死的話，乾脆到那邊吧。）

茫然的意識中，我以「轉移之門遺跡」為目標前進。

要死的話，我想死在那裡。

那是最後與他們兩人共處的地方，我想在那裡如同沉睡般失去意識。

（我到底在說什麼呢……）

假如心中還懷有那種多愁善感的話，當初乾脆別回來王都好了。

在那時候，在那個地方，當場斷送自己的性命就好了。

（但是……）

我還留有依戀，才會頑固地苟活到今天。

導致我又給其他人添了麻煩，我真是個無可救藥的人。

他們兩個一定也對我感到失望。沒錯，一定是這樣的——

「呼、呼、呼……」

不知不覺四周變得陰暗。

夜幕悄悄垂落，魔法照明點亮了街燈。

（好冷……）

而且，好睏。

好累。雙腳像是木棍一樣不聽使喚。

似乎比想像中耗費了更多體力。

照這狀態豈止是「轉移之門遺跡」了，說不定趕在城門關閉前我都難以離開城鎮。

但全都無所謂了。我連折返回家的心情都沒有。

無論做什麼都麻煩透頂。

就這樣繼續走著吧，然後，在某個地方倒下——

「…………？」

聽見刺耳的聲音，我下意識抬起頭。

這裡是下級區嗎？骯髒的道路沒有燈光，路邊橫倒著一個看似乞丐的男人。

「廢物！妳這個廢物！」

又聽見了。從巷弄盡頭聽見了什麼。

是某個人的怒吼聲，以及像是在踹什麼東西的聲音。

斷斷續續的，怒氣更加高漲，聲音因此傳進我的耳朵。

「這個沒用的廢物！」

（煩死人了……）

真是讓人竄起怒火的聲音。

那叫吼聲光聽到就使人煩躁。

（到底在搞什麼啊……）

我朝向聲音源頭提起腳步。

不是想要抱怨。

也不是想要讓怒吼的人閉嘴。

單純只是好奇，又萌生出厭煩，我彷彿被吸引似的前往巷弄的盡頭。

「妳難道不知道我花了多少功夫養妳……！」

看來這裡是店鋪的後門。

一盞燈光佇立下，矮胖的男人正朝著某人怒斥。

是誰在挨罵？肯定是沒什麼社會地位的人吧。像是娼妓或是闖了什麼大禍的人正在遭受體罰——

「…………」

我看見那孩子站在那裡。

淺藍色的頭髮。陶器般白皙細緻的肌膚。

在晦暗的冬天裡，我看見好似只有她散發出淡淡的光輝。

那名神祕的少女究竟是誰？

「啊……」

我不禁發出讚嘆。

矮胖男人聽見聲音後轉身過來。

我卻無法將目光從少女身上移開，少女也與我相望。

「喂，你有什麼事嗎？」

男人向我搭話。

即使如此我依舊定睛在少女上，連回話也辦不到。

因為她很漂亮嗎？可能是因為她的容貌相當清麗吧。

不，不對。不是這樣的。

我只是認為那孩子的眼睛——

她那雙看不出究竟是活著還是死去的空虛眼瞳。

和我相同的眼神，讓我無法自拔地想探究她為何會變成那樣。

—2—

「我到底在做什麼啊……」

與少女相遇後過了數小時。

我回到家了。甚至搭乘了馬車折回家中。

（明明還想著一死了之。）

最後卻還是回家了。

而且竟然還在暖爐裡生火，一副完全放鬆的狀態。

為什麼會演變成這樣？我為什麼要幹這種事？

（不，那當然是因為……）

稍早相遇不久，如今在我眼前的少女。

有著一頭水色頭髮的奴隸少女正是讓我陷入這種狀況的主因。

（奴隸……）

沒錯，奴隸。而且是活生生的玩賞用奴隸。

為了性目的而培育，專門侍奉買主的玩賞用奴隸——

我竟然基於衝動而買下她了！

（我是白痴嗎！）

我當然沒有那個意思。

買下這孩子用來發洩自己的憂憤——

那種惡劣商人般的行徑，我想都沒想過。

那為什麼會買下她呢？純粹是很在意這孩子的眼神。

（我果然是個白痴……）

我抱頭哀號。

什麼「她有著和我相同的眼神」啊。

是漫畫劇情喔？我是想成為戀愛漫畫的主角嗎？

但就結果而言，我就是買下了一個奴隸。

（不行了……）

真是沒救了——

「但是我說這位客人啊。」

「這孩子是貴族特別指定的商品喔。」

「像這樣插隊實在有點……你懂的吧？」

（煩死啦～……！）

一旦陷入自我厭惡，剛才男人的臉再度浮上我心頭。

那個混蛋，根本就是在扯謊。反正肯定是被買主取消訂單了而遷怒那孩子，一逮到新的機會就打算哄抬價格。

「嘿、嘿嘿！銘謝惠顧啊！」

而我也幹了蠢事。

一得知這孩子是商品，我突然把裝著寶石的袋子交了出去。

商人裝作面有難色的尷尬臉後，我又從道具欄裡大把大把地拿出追加的寶石。

（為什麼我會幹這種事情……！）

我抱著頭，持續發出後悔的悶哼。

橫豎著想都超標了。正常而言根本不可能會付出那種價錢。

我只是因為嫌麻煩所以想快點打發對方，連一般人沒有的高價寶石也付了出去，強硬地抓起奴隸的手把她拖回家——

（追根究柢，我到底該拿這傢伙到底怎麼辦？）

我斜斜瞥了一眼當事人。

她在想什麼？還是說其實什麼也沒在想？

少女依舊頂著空虛的眼神，默默站在起居室一角待機。

（退貨……看來是沒辦法。）

事到如今也沒辦法退回去。

何況對象還是那種男人。想必只會幹一些喪盡天良的勾當。

那麼，如果說今後得和她一起住在同一個屋簷下……

（絕對、辦不到！）

我光是自己的事情就焦頭爛額了。

才沒有餘裕去照顧素昧平生的人。

那究竟該怎麼辦？果然還是找不出答案——

「唔～～……」

我坐上椅子，身體直接趴倒在一旁桌子上。

四面楚歌的情況，我只能不斷發出狼狽的聲音。

「妳、妳在做什麼啊！」

我的聲音稍微變得不自然。

不，當下的情況無論是誰都會驚慌的。

「妳、為、為什麼……？」

剛才為止還像個人體模型的少女突然把自己的衣服脫掉了。

「…………？」

面對預料之外的光景，我連聲音都發不出來。

少女毫不遮掩自己的裸體，靜悄悄地在起居室裡走動。

妖精般的少女走近我。

「…………」

細雪般的白色肌膚。稍稍隆起的胸部。

月光照亮了她好似湖面般透澈的青色長髮。

所有要素融合，造就一個單純被視為美麗存在的少女。

（我正和那樣的人共處一室。）

察覺到這個事實，我不禁被房內的氛圍給震懾。

身體動彈不得。無法從少女身上移開視線。

儘管如此，少女仍自由自在地、悠悠地來到我的下方——

她白嫩的手滑向我的大腿——

「住手！」

我認為自己發出了滿大的吼叫聲。

我發出似乎稍微動搖了房間的聲音。

少女絲毫不感驚訝，忽然停下動作，注視著我。

（怎麼回事……？奴隸就是這種生物嗎……？）

這種幻想般的美麗也好，實在無法令我聯想到人類。

簡直就像是原本世界裡，模仿人類所做出來的擬真機器人——

沒錯，比起玩賞用奴隸，她更像是機器人。

「……請問我做錯什麼了嗎，主人？」

機械般的少女就連發出來的聲音都沒有生機。

那是彷彿削掉一切情感的冷漠聲音。聲音本身聽來楚楚可憐，語氣的平淡卻將楚楚可憐毀於一旦。

「不、不對吧。妳為什麼要做這種事？」

「……我是玩賞用奴隸。您是知道這點才買下我的吧？請交給我。還是說主人您比較喜歡自己動？」

「我不是指這個！總、總之，妳先把衣服穿上！」

「……遵命。」

我還以為她會直接反問我「為什麼」？

這傢伙是玩賞用奴隸。在性方面侍奉主人是她的工作才對。

她被命令停止工作、遮住裸體。為什麼還能坦率地聽從命令？

「妳……不會感到害怕嗎？」

「……您是指什麼？」

「那個、所以我說，妳不會覺得……自己要被丟掉了之類的？」

「……主人要把我丟掉嗎？」

「不，我是不會這麼做啦！」

「……那麼，請問我有派上用場嗎？」

「啊～簡直快把我逼瘋了……」

如果她是處心積慮諂媚人的奴隸，我說不定會強硬地把她退回去。

另一方面，換作是哭著懇求我的傢伙，我還是一樣會感到煩燥。

（但總覺得這傢伙……）

她兩邊都不是。

若要形容，她就像是空氣般的存在，待在原地也不會給人造成負擔——

正因如此才不知道該如何對待她，我有種在米糠上釘釘子的感受。

（但是啊……）

雖說是一時迷失，我終歸是買下了這孩子。

要把她趕出去，或是退貨，總覺得哪種都不對。

被退貨的玩賞用奴隸會有怎樣下場，這點我至少還是明白的——

（啊～真是的～！）

「聽好嘍。妳什麼都不用做。不用把衣服脫光，也用不著侍奉我。我可以讓妳留在這裡，但妳什麼也別做。」

「……遵命。」

「真的，真——的，什麼也別做喔。」

「……好的。」

少女面不改色，維持著毫無變化的空虛眼神點點頭。

—3—

和少女共同生活開始過了一星期。

我過著繁忙的每一天。

「雖然我有說過妳什麼都別做啦。」

我的意思是叫她別做些色色的事情。

（但我沒想到在下達指示以前她會連飯都不吃、不洗澡，甚至連廁所都不去。）

直到我提出指示以前，她連動也不動。

她坐在起居室的位子上，就真的只是坐在那裡而已。

想不到和我對她的第一印象相同——不，是比第一印象還嚴重的人偶。

（哎，如果只是這樣的話還好。）

但那傢伙完全不會做家事。

不會煮飯，不會打掃，也不會準備洗澡水。

「……沒有人教過我。」

說是這麼說，可至少還是該有個限度吧。

我希望她至少懂得怎麼泡茶。

（但是啊……）

她是從奴隸市場裡出來的。

總有她的難言之隱，這也是無可奈何。

「……我在那裡是那樣生活的。」

在那裡，身邊的生活起居似乎都交給專門的人負責。

身為高級的玩賞用奴隸，她好像只被教導必要的工作內容而已。

換句話說她的生活能力是零。所以才變成我在做飯，我負責燒洗澡水，甚至連衣服和床鋪都是我負責準備的處境。

（沒想到連內褲都是我在洗……）

但是如果我不做，就沒辦法過上舒適的生活就是了。

那傢伙雖然既夢幻又美麗，但總感覺夢幻得隨時都會消失一樣。

因此我才會像是母鳥一樣照顧著她吧。

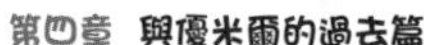


（……這不是反過來了嗎？）

搞得好像我才是奴隸——

哎，我決定當作是自己多心了。

「聽好嘍？這是銅幣。然後，這個是銀幣。」

「……是。」

「其他還有金幣、大銀幣、小銀幣之類的。但首先妳先記住前面幾個吧。」

「……遵命。」

此時此刻我正在全力教導。今天要教導她購物方面的知識。

畢竟總不能由我照顧她一輩子啊。

我想讓她好好記住一般常識與在社會生活所需的規矩。

「……也就是說，一枚銀幣相當於這樣的價值嗎？」

「哦，沒錯沒錯。」

幸虧這孩子的學習能力很好。

教過一次的東西就不會忘，也有著觸類旁通的天賦。

儘管也有些死腦筋的地方就是了——

算了，無所謂。今天先讓她去買東西吧。

「那妳出發吧。前往筆記上寫的店家，把上面寫的東西買回來。」

「……遵命。」

我催促，少女則低下頭朝大市場裡前進。

（希望順利啊。）

要是在這裡碰壁了可是前途堪憂。

我想讓這孩子轉職成「女僕」這個職業。讓她捨棄奴隸這種花瓶職業，成為更讓人需要的職種。等到她可以自立以後，我就能回歸自甘墮落的生活了。如果那傢伙想要的話，我甚至可以把財產分給她讓她自立。

總之我只想快點回到安靜的獨居生活。

為了達成目標，我希望她努力達成職業訓練。

（可是她好慢啊。）

就買晚餐材料而言感覺好像花太多時間了。

（該不會被人給拐走了？）

不，怎麼可能。這裡又不是下級區的貧民窟。

有警備巡邏的大市場怎麼可能會發生這種事。

（去看看好了。）

還是算了，她又不是第一次買東西。

用不著那麼擔心，那傢伙一定馬上就會回來了。

「……我回來了。」

（看吧。）

這孩子學習起來很懂要領的。

途中雖然有迷惘的地方，但還是像這樣成功買完了東西——

「等等、咦咦咦咦咦咦！」

這、這、這、這是怎麼回事！

少女手中的購物籃裡頭塞滿了火腿和香腸、蔬菜和水果等食物。背後背包裡則凸出好幾個葡萄酒酒瓶跟長棍麵包，看起來簡直像扛滿武器的武藏坊弁慶。

「喂、喂喂。妳不覺得重嗎？」

「……很重。」

「我想也是啦！」

很明顯超出負荷量了。

難怪會花費這麼多的移動時間。

（等等，現在不是吐槽的時候！）

「喂、喂，總之妳先把購物籃給我。」

「……好的。」

我接過沉甸甸的購物籃，又從背包裡拔出幾罐葡萄酒酒瓶。

想必是負擔了過多重量。少女再怎麼面無表情也鬆了口氣，可是手腳還頻頻顫抖著。

（到底為什麼會搞成這樣啊？）

如果按照筆記內容買東西的話，應該是一個購物籃可以裝完的量才對——

「我說，妳為什麼買了這麼多？」

「……因為筆記上沒有指定數量。」

「咦？」

「……我按照自己的判斷，可以買多少就買了多少。」

「哦、哦哦，原來如此。」

「……非常對不起。」

「不、怎麼說呢，我才該感到抱歉。」

我才想起來，這孩子不知道所謂的普通是什麼。

她不明白該買多少量，什麼又叫做適當的量。

她也有可能認為我會吃很多，所以給她多一點錢買多一點食材。一思及此，這次會失敗說不定也是理所當然的。

「沒什麼，之後就會慢慢習慣了。」

「……非常對不起。」

「別在意，別在意啦。」

少女垂下臉，我摸摸她的頭。

畢竟這個身高與位置很剛好，我沒多想就伸出手了。

「…………」

「…………」

沒有特別涵義，我就這樣摸摸她的頭。

即使這麼做，少女依舊面無表情，絲毫沒有動靜。

她無論何時何地都不曾改變，始終是那副人體模型般的表情。

那副模樣實在很奇妙，我忍不住稍微笑了出來。

「一點一點慢慢記住就好了。那麼，我們回家吧。」

「……遵命。」

我認為自己正浮現出輕柔的笑容。

我帶著柔和表情，牽起少女的手離開了大市場。

（我現在正笑著啊。）

與同伴分別已經過約莫三個月。

我好久沒有露出笑容了。沒有大大的笑聲，內心也沒有激昂地跳動，但我確實笑了。

心想著感覺也不壞——

我再次微微勾起了嘴角。

「……那麼，主人。」

「嗯？怎麼啦？」

「……您差不多該給我取一個名字了。」

「啥？」

「……沒有名字的話，我認為總會有點不方便。」

「妳、妳不講我都忘了——！」

奴隸若沒有名字的話，主人會給他們命名。

我卻忘了這件事，從以前到現在總用「喂」或「妳」來稱呼她。

也難怪她會指出這點。搞不好之前讓她一直受委屈了。我感到歉疚，把身體挺直——

看著佇立在街道上的少女，我說出稍早浮現在心裡的名字。

「好，決定了。妳的名字就叫做優米爾。」

「……優米爾。」

那是以前讀過的小說劇情裡，稍微露面過的妖精的名字。

一定和身為妖精種族的她很相襯吧。名字唸起來也很適合她。

雖說不苟言笑的少女和面帶微笑的妖精，兩者難以稱得上相似——

可唯獨那幻想般的美麗，光是這點，我總覺得和妖精很像。

—4—

優米爾真的變得很擅長工作了。

打掃與洗衣服，煮飯與購物，我開始能將許多工作託付給她。

與最初相比簡直是驚為天人的成長。那個人體模型般的少女竟然能提昇到這種境界，人類果然是有志者事竟成的生物，我產生一種微妙的感動。

（親自一步一步教導她有回報了啊。）

我始終會不自覺把注意力集中到這位「女僕」新人上。

少女現在在廚房製作簡單的燉菜。她穿上新買的女僕服，不過動作已變得熟練了，剛才還在搬運燉鍋和蔬菜。

（哎呀哎呀。）

這下我總算能回歸原本家裡蹲的生活。

那傢伙也有一身本領可以找工作了。

萬事解決，天下太平。

（不，好像還差一點？）

優米爾相當不食人間煙火，也有偏離常識的地方。

之前向她表示「我喜歡濃一點的茶」，結果她端出加了十倍茶葉的超難喝紅茶——

拜託她拍打棉被，結果她拍到太陽下山。

（她還不太了解事情的輕重緩急啊。）

所以我還是沒辦法放她一個人。

我看起來就像個對孩子憂心忡忡的狗爸爸，但我還有知識必須教導她。

（這副模樣，要是被那兩人看到肯定會被嘲笑。）

但我並不會特別感到不舒服。

和曾是奴隸的少女一同生活，我甚至開始認為這樣的日子也不算太差。
即使一開始我們的相遇是扭曲的、奇妙的、突如其來的——
卻也是溫暖人心的。我能感受到內心的傷口正逐漸癒合。
（總覺得，這樣持續下去也不錯。）
就這樣在這裡，在這個世界繼續活著。
我開始認為這樣也不壞了。
然而——

「你要我把優米爾還給你？」
那是毫無預警的要求。
十二月初，那個奴隸商人拜訪了我——
「希望你把奴隸還給我。」他劈頭就這麼說道。
對比我的困惑，奴隸商人的表情相當開朗。
「是的。我認為把奴隸還來也是為了你好。」
「等等，到底是為什麼啊？」
我沒特別抱持著不滿。

也不記得優米爾有特別給我添了什麼麻煩，我是真的打從心底不明白這商人究竟在說什麼鬼話。

（該不會是在推銷？）

他想將比優米爾更好的奴隸賣給我？該不會是這種意圖吧。

還是說原本的貴族買家不打算取消交易了，因此又回頭需要優米爾。

無論是哪種，對目前的我而言都是種困擾。不管奴隸商人說些什麼我都打算把他趕回去。

「我說啊。」

「先生，你這樣讓我很困擾啊～～～！」

「什麼？」

突然被大吼一聲，我不禁閉口不言。

這傢伙到底想怎樣？男人收起笑容，從下抬頭瞪視我。

「我真的很困擾啊。你以為我到底花了多少時間在找她啊？」

「你在說什麼？」

「當然是在說那個奴隸啊。你誘拐了那孩子對吧？」

「什麼！」

晴天霹靂就是指現在的處境。

我誘拐了優米爾？哪可能有這種事。

「才不是，我是從你那裡買下她的。」

「說些什麼呢？我不記得有這回事。」

「我把寶石留下來了啊！別說你忘了！」

「你……能夠證明嗎？」

「…………嘖！」

原來如此。我總算明白這混蛋想說什麼了。

這隻豬打算勒索我。出口刁難，逼我吐出更多寶石給他。

「感謝有親切的好心人告訴我情報啊。我終於找到了我們家的頂級商品在哪。」

「…………」

「但真讓人困擾啊。一旦知道商品是被拐走的，我必須把情況轉告給上級才行。所以我啊，真的很擔心很擔心先生你的處境。」

顯而易見的謊言。這傢伙還為現在的情況打趣。

他在想著一面用話語折磨我，盡可能從我身上榨取更多利益。

「喔呵呵……」

笑得像是福神惠比壽一樣，其本性卻是在奴隸商人之中最差勁透頂的。

想到優米爾曾在這種混蛋那裡生活過，光是這點就讓我想要痛揍這傢伙一頓。

（好了，接下來該怎麼做？）

奴隸商人回去後，我獨自陷入思考。

那隻豬看來會給我時間猶豫。只要在明天以前準備好贖金，他看來就願意對目前為止的事情睜一隻眼閉一隻眼。

除此之外還願意把優米爾讓給我，真是感激不盡。

不知情的局外人聽見這番話，多半會認為那隻豬簡直是慈悲的神明吧。

（當然，我不會付錢的。）

或者該說，手邊沒剩下多少錢了。

賣掉貴重道具的話，我或許能成為億萬富翁——

但這只會導致市場機制混亂，間接改變這一帶的權力平衡而已。

就這方面而言，當初那些寶石我本來也不想交出去的。

（如此一來的話……）

我想想，那只剩下懲治對方了吧。

那個把我當成肥羊的傢伙也算是用光了運氣。

也當作是斬斷後顧之憂，這次就讓我放手一搏吧。

「喂——優米爾——！」

出門前我決定先通知優米爾一聲。

那傢伙應該也聽到剛才的對談了吧。我想先告訴她，讓她別擔心。

「喂，優米爾——？」

我從起居室移動到廚房。

她人應該是在這裡沒錯，卻到處找不到蹤影。

「人呢？」

盯著雜物日益增加的廚房，我一個人歪歪頭。

總感覺是忽然消失了。她到底去哪啦？

「……嗯？」

熱水壺旁邊放著一張信。

是那傢伙留下來的嗎？

我不以為意地打開信封，取出裡頭的信紙——

「致主人。」

「這次給您帶來麻煩，我深感抱歉。」

「如果我能更早察覺異狀的話，就不會陷入這種狀況了。」

「給您添麻煩了。我會在能力可及範圍內收拾殘局。」

「至今為止感謝您的照顧。和您一起生活的日子很愉快。」

「請注意身體健康。」

「再見了。」

「……那個蠢貨！」

文章和當事人一樣沒有生命感。

讀完信件的我衝出家門外。

那孩子大概也正朝那個地方前進。

抱持一股確信，我加速前往下級區的奴隸市場。

—5—

肥豬般的男人臉色正因愉悅而扭曲變形。

那是多麼醜惡的笑容。光是看到那張臉就讓人感到想吐。

「妳太天真啦。」

男人看向倒在地板上的少女說道。

少女恐怕是想殺掉男人，卻反而受到回擊。

作為武器的菜刀被奪走，少女垂下陰沉的臉色。

「妳以為光用這就能殺人？把我給殺掉？」

男人恐怕生來就有虐待狂的本性。

他玩弄著菜刀刀刃，露出滿足的笑容。

「我是非常感謝能被高價賣出的妳……」

男人稍微露出深深思考的表情——

卻握住菜刀刀柄，一鼓作氣揮下刀鋒！

「但果然還是要懲罰妳！」

「好了，到此為止。」

「什麼！」

從後方捉住男人的手，俐落地搶過危險的菜刀。

這可是我家的廚具。我不太想讓無關的傢伙隨便觸碰。

「你、你這傢伙！」

舌。

「是的，就是我這傢伙～」

「什～～～～～！」

對方抽出來的短杖，前端的部分被我用剛才的菜刀輕鬆切斷了。

光這樣還不夠，於是我接二連三揮刀把短杖像是竹輪般切成好幾段，男人隨之瞠目結舌。

他本來是想要施展魔法嗎？

隨便，反正法杖也只剩下握柄，已經沒差了。

「嗚啊啊啊啊……！」

肥豬奴隸商人發出嘶啞的悲鳴聲，屁股跌坐地板上。

他手邊應該已經沒有其他武器了。臂力看起來也不是特別凸出。

確定這幾點後，我倏地接近肥豬的臉。

「那個，有關你之前提到的事情啊。」

「什、什麼……？」

「我認為搞錯的果然是你才對。畢竟我也已經付過錢了啊。」

「那是……！」

我從身後拿出寶石盒讓他看個清楚。這房間裡有張桌子，寶石盒就小心翼翼地被安置在

裡面。裡頭的東西看來被慎重地收藏著，五光十色的寶石每顆都閃閃發亮。

我把寶石攤給他看，保持友善向肥豬搭話。

「我曉得要簽合約書這件事，這確實是我的失誤。但是收了錢卻還裝傻，這樣是不是有點離譜了？」

我本來是想就事論事的——

肥豬卻露出一半憤怒一半焦躁的表情突然高叫一聲。

「你們啊啊啊啊！快點出來！」

「你是指警衛嗎？已經不會有人來了喔。」

「啊啊啊……！」

肥豬發出好像是青蛙抽筋似的聲音。

他該不會以為我把警衛全殺光了吧？

未免太失禮了。我只是用【催眠彈】讓他們昏睡而已。警衛只是很睏而已啦。

「你、你連我都要殺嗎……？」

「所以說我一個人都沒殺啦。只是想說希望你可以從頭來過。」

「從頭來過……？」

「是的。我把合約書帶來了。請你用這份合約從頭來過那天的事情吧。」

這次肥豬的表情真的滿面鐵青了。

文件對商人而言可是比金錢還要重要的東西。

何況還是合約書，一有個閃失甚至有可能比性命還沉重。

因此他才會將小心翼翼地將文件收納在魔法金庫裡——

如今湊齊了合約書、羽毛筆與墨水瓶，甚至連印章都被塞到了面前！

對那隻肥豬而言，這行為肯定等同於掐住了他的心臟一樣。

「是這張紙沒錯吧？」

「是的……」

「太好了。那我簽名嘍？」

「請簽吧……」

肥豬的臉色已經超越鐵青轉為慘白了。

藉由短暫的攻防戰以及準備好的文件與道具，他想必是領悟到彼此的差距了吧。

被制伏後一下子就變得服服貼貼的，聽從我的催促，乖乖簽下合約書。

（這樣就結束了。）

相同內容的合約書兩張，上頭有著我與肥豬的親筆簽名。

如此一來交易便告一段落。這次，優米爾的所有權真真正正轉移到我身上了。

我將合約書收納到道具欄，滿足地點點頭。

「這麼一來交易就成立了。」

「是的……」

「那麼，合約上標註的金額，我就放在這裡了。」

「啊啊啊啊……！」

最後的最後，肥豬發出幽靈般的細細哀號。

不怪他。因為當初交出去的寶石，我拿回了九成。

但這也符合合約內容。這才是優米爾本來被標上的價格。

「那我就把這孩子帶回去嘍。」

「啊、呃、啊啊……！」

「下次跟人交易時，要一開始就提出合約書才行喔。」

「啊啊啊啊啊啊……」

最後的最後，奴隸商人無力地攤倒了。

他本以為逮到一隻肥羊，想要狠狠大削一筆——

沒想到連最初賺到的意外之財也被收回去。當然會露出連靈魂都被抽乾的模樣。

（雖然看起來很像童話故事就是了。）

就結果而言他明明成功賣出優米爾了，本身也有得利才對。

哎，他也是無法明辨是非才會變成貪得無厭的商人吧，肯定是這樣。

「哎呀～好累。莫名覺得好累。」

「…………」

「應該是因為很緊張吧。總覺得變成奇怪的人格了，對吧？」

夕陽西下的城鎮裡，我和優米爾兩人走在巷弄中。

目的地當然是我的家。因為奴隸商人事件已經告一段落，應該沒必要再回到這裡了。我已經讓對方見識到自己不是泛泛之輩，對方之後應該是一輩子也沒打算再跑來見我了吧。

儘管如此，優米爾臉上的表情卻沒有變得明亮，實在不可思議。

不，她本來就面無表情沒錯，但怎麼說呢。

「該不會妳受傷了？哪裡扭到之類的？」

看來不是。她雖沒有回話，但感覺身體沒大礙。

那問題出在哪呢？我思考著其他理由──

「您……」

優米爾慢慢張開嘴巴。

我靜靜地等待她說下去。

「……您、為什麼、要救我呢？」

「什麼為什麼？」

「……我是奴隸，並不是您的家人。為什麼還願意冒著危險來救我呢？」

優米爾不知不覺停下了腳步。

我同樣停下步伐，我們在昏暗的巷弄裡凝視彼此。

「……要論沒有交易證據，對方也一樣。只要把我還回去，裝作若無其事的模樣繼續生活的話，對方總有一天也會放棄吧。」

「不，對方估計沒這麼天真吧。」

「……或許吧。但除此之外也多的是處理方法。為什麼您卻偏偏——」

困惑，疑問，諸多複雜的情感在優米爾內心引起了漩渦。

這點就連我也明白。此時此刻，這傢伙是認真向我發問。

可要論疑問，我也有感到困惑的地方。

那就是她的行動。她究竟是什麼意思呢？

「妳也是，為什麼要做出那種事呢？」

「……那種事？」

「把菜刀帶出去啊。為什麼打算攻擊那隻肥豬？」

「……那是因為……」

為了報恩？

作為照顧她一段時日的回報，想盡辦法想救我一命？

還是純粹憎恨著那個奴隸商人呢？

出自日累月積的怨恨才會導致她拿起武器傷人嗎？

（感覺哪個都不是。）

怎麼想都不對勁。

強迫她說明理由感覺也只會與真相更加背道而馳。

我的情況也和她一樣。

或哀憐，或同情，我應該也不是出自這類原因才搭救她的。

（那究竟是為什麼？）

我和優米爾都無法說出答案。

我們互相幫助了彼此。

為什麼？

（如果對象是那兩個人，我就能輕鬆找出答案了。）

假如優介陷入危機，我一定會立刻搭救他。

假如小蓮遭遇了麻煩，我也會立刻聆聽他的煩惱。

因為我們是夥伴啊。我們三個人是夥伴。因此會互相幫助、掛心彼此——

（……我懂了。）

我忽然理解了答案。

原來如此，原來是這樣啊。

「簡單來說，因為我們是夥伴。」

「……夥伴？」

「沒錯，夥伴。我們成了彼此的夥伴。」

「……主人？」

我將手貼上優米爾的頭。

還真是稀奇。她露出了些許驚訝的神色。

（原來如此，夥伴啊。）

不知不覺，這孩子和我已經成為了夥伴。

有句諺語是在形容吃著同一鍋飯的人就是夥伴。仔細想想似乎也是沒錯。

（雖然我們的場合是住在同一個屋簷下。）

既不是家人，也不是戀人，當然更不是什麼夫妻。

但彼此相互照應，自然而然地展開行動——

我認為這種關係果然就是所謂的夥伴了。

「……我，不是很懂。」

「是嗎？嗯，或許吧。」

「……對我而言太困難了。」

「沒這回事啦。妳慢慢去體會就可以了。」

「……慢慢的。」

「沒錯。」

我牽起優米爾的手——

優米爾也回握我的手，我倆再度走過巷弄。

這次真的要回家了。回到家以後，向她說些關於我們夥伴的故事吧。

優介，小蓮，以及優米爾。從今天開始這三個人就是我的夥伴了。

（雖然成員增加了。）

但那兩個傢伙應該會笑著原諒我吧？

抬頭凝望逐漸變暗的天空，我如此心想。

在那之後，每天的日子漸漸地熱鬧起來。

伊貝塔小姐拜訪家裡，我和附近鄰居的交流再次活絡、那隻肥豬跑來復仇然後被我們兩個給打了回去——

對了對了，優米爾也是在那時候把頭髮剪短的。

她嫌長髮太礙事，於是剪成了現在的長度。

還有她似乎想要提升等級，我也興致昂昂地帶她前往郊外練習。

接著到了春天左右，我開始從事萬事通的工作——

定食店在我家附近開張。我成為了學校的講師。

被狗狗親近，被那個艾露緹跟蹤，又被圖書館的廢人埃爾給纏上——

真的是經歷了各種事情。

我心想，自從經營萬事通以來，時間一眨眼就飛快流逝了。

但是每天都過得不算差。總歸而言很有趣。

有趣到即使你們不在了，我也沒有閒暇感到寂寞的程度。

所以你也別為了自己先回到原本世界而感到糾結了。

那都是我擅作主張做出的事情啊。

而且，你不也像現在這樣前來見我一面了嗎？

對吧，小蓮？

—6—

「……唔，總之，就像這樣經歷了各種事情。」

「這樣呀。」

「哎呀～真的很辛苦喔。」

「聽起來是真的很辛苦呢。」

與小蓮再會後經過了數小時，我們說個沒停。

想說的話比預料之中還要多。回顧過往加上他們離開後一年半的瑣事，還有好多事情遠遠說不夠。

「你和艾露緹和好了嗎？」

「啊，關於那件事啊。我不是幹了人渣垃圾事以後馬上買下優米爾了嗎？」

「嗯。」

「因為這點我被她大罵『用夥伴的遺產去買玩賞用奴隸的超渣老鼠混蛋』，好像在冒險者業界裡被痛恨到極點……」

「噗、哈哈哈哈哈……」

「不要笑啦！那時候真的很慘喔。」

小蓮笑得身子都歪了。

別看這傢伙的模樣，他笑點可是很低啊。

一旦戳到他的笑點就很難回到岸上了。

「啊～抱、抱歉抱歉。你過得很辛苦吧？」

「是啊。有段時間還被她用像是殺父仇人那樣的眼神瞪著。」

「……主人，最近已經不再是那樣了。」

「是喔？」

「唔，我也不太清楚……？」

「哈哈哈哈……」

小蓮又開始笑了，優米爾一臉淡然換下冷掉的紅茶。

看來我們真的聊了好長一段時間了。紅茶已經續杯第幾次啦？盡是讓優米爾費心啊。

「喂，優米。已經不用再泡茶了。」

「……不用準備了嗎？」

「是啊。差不多是晚餐時間了。」

我稍微瞧了一眼掛在牆上的時鐘。

時間差不多快六點了。初春的緣故，外頭天色有點暗。

「小蓮，你當然會留下來吃晚餐吧？」

「嗯。」

「優米，拜託妳準備啦。」

「……遵命。」

「啊，果然我也來幫忙吧。小蓮，你喜歡歐姆蛋對吧？」

「……準備晚餐是我的工作。」

「別在意啦別在意。」

我推著優米爾的背，前往廚房。

小蓮守望這副光景，果然露出了穩重的微笑——

「太好了。貴大現在過著很充實的生活呢。」

「啊？哦、哦哦。或許吧。」

「在那之後你成功振作起來了。」

「啥……？」

聽來總有種弦外之音。

我察覺到一股異樣，朝小蓮的方向回頭。

「你想說什麼？」

小蓮沒有回答。

取而代之地是看著我的眼睛，露出比平時更溫柔的微笑。

「我說，貴大。你也已經滿足了吧？」

「你在說什……」

「要不要回去原本的世界？」

他發出的話語像是受到阻礙似的。

一瞬間，我甚至以為自己聽錯了。

# 幕間劇　至今為止與從今以後

她本來早就幾乎放棄了自己的人生。

未來只會被賣給某個貴族吧。接著在買主那裡遭受不人道的待遇。

這是很容易就想像得到的。她偶爾會撞見客人，只要一瞧他們的臉，立刻就能察覺到他們並非善類。

（我恐怕是沒辦法長命百歲了。）

一有個閃失，說不定在成年以前就會死去。

搞不好會在被買下的當天發生某些意外事故，乾乾脆脆地就死了。

不過那樣也無妨。對自己而言比起死去，活在這種人生可怕多了。

思考有關死亡的想法令她感到高興。

不，稱為高興有點不正確。應該是安詳才對。

思忖著總有一天會迎來的終結，她才有辦法在奴隸市場生存了十三年。

（本該是這樣的……）

命運的齒輪究竟是從哪裡開始脫序的？

她沒被貴族給買走。反而是被一位莫名現身的男人以果斷的衝動給買了下來。

光是這點就夠令人驚訝了，買下她的男人甚至沒使用她。

反而叫她把衣服穿上，在原地待機，叫她什麼也別做。

（那為什麼要買下我呢？）

完全不懂。

費用肯定不便宜，為什麼還要買下自己呢。

男人看起來很後悔，但他仍然沒有把自己退貨的意思。

（在那之後……）

漫長的時間流逝了。

她被徹底教導了家事的做法。轉職成「女僕」。逐漸習慣與男人一同生活的日子。接著奴隸商人又出現了。

縱然只是一年多前的往事，一旦閉上雙眼卻讓她感覺像是遙遠的過去。

原因在於目前的生活實在太多采多姿，太過充實了。

安穩、熱鬧，令她暈頭轉向，卻又很開心。

和這樣的每天相比，她認為自己以前只是為了活著而活著。

（到底是為什麼會出現這樣的轉變呢？）

對於這樣的人生，她自己也是預料之外。

壓根沒想到會換上女僕服，以萬事通成員的身分工作——

（常常聽說人生就是充滿各種預料之外的事情。）

優米爾心想，的確是如此。

「話說回來也發生過那種事啊。」

「那時候的貴大真的是……」

「不不不，硬要說的話小蓮你也一樣啊！」

初春的某個日子，貴大的兒時玩伴前來拜訪了。

據說他和優米爾同樣都屬於「自由人生」的成員。

當然，她至少知道對方的名字。

（但那人不是死了嗎？）

貴大曾說過「再也無法相見了」、「他在遙遠的地方」的話語，優米爾將其解釋為死亡。怎麼說，這都是貴大那讓人誤會的態度不對。因為他不太愛訴說往事，優米爾曉得的事情其實並不算多。

（話說回來……）

優米爾不知道原來貴大會露出那種笑容。

彷彿天真無邪的孩子般，好似回歸了童年純真。

（應該是因為和兒時玩伴重逢的緣故吧。）

不是其他人，正因為對象是蓮次，貴大才能顯露出那種表情。

即使她稍微感到一點寂寞……

（……為什麼？）

但自己為何會產生這種想法？優米爾感到有些不可思議。

（不過……）

但是——

今後她也可以看見貴大的那些表情了。

比起寂寞，她感受到的是更多更多的喜悅。

（從今以後感覺會變得更熱鬧了。）

優米爾心想，在內心描繪起未來的光景。

正是因為如此，蓮次接下來說出的話語，才讓她更加難以置信。

END

# 兩人的PVP篇

—1—

沉默支配了整個起居室。

啪嘰啪嘰，僅能聽見暖爐裡的薪柴燃燒的聲音。

（回到……原本的世界？）

那究竟代表什麼意思呢？

是單純字面上的意思嗎？

不、可是、如果是這樣的話——

「你在猶豫呢。」

小蓮打趣地說道。

「該不會你不想回去吧？」

「才沒有這回事！」

我一直以來都很想回去！

回到你們兩個所在的世界。回到我們一起生活的城鎮。

我一直一直都懷抱著想回去的心願……

「但是，這麼突然未免也太……」

就算要我當場相信，這聽來也像是天方夜譚。

何況我還有現在的生活要顧。同居人也增加了。

要我拋下大家不管回去？留下優米爾一個人？

「應該也沒關係吧？只要把這個家送給優米爾就好了啊。」

「什麼？」

「財產也是，全部送給她就行了。不是嗎？」

聽來沒任何不對。

如此一來優米爾的生活也不會陷入任何困境。

不如說我不在的話，她說不定反倒能過上更舒適的日子。

（但是怎麼說，總覺得……）

我因為混亂而無法統整思考。

我想點頭同意嗎？還是搖頭拒絕呢？

到底是哪邊？為什麼沒辦法當下回覆小蓮的話？

「……主人。」

優米爾捉住了我的衣襬。

即使面無表情，卻以多少透露出不安的眼神注視著我。

我有辦法拋下這傢伙自己離開嗎？還是說——

「這就是你猶豫的理由呀。」

小蓮很明顯露出了失望的表情。

「你很中意這裡的生活呢。」

「不、不對……！」

「才沒有不對。這一年多的生活很愉快吧？」

才沒這種事！

淪為隻身一人後，我可是過得很痛苦！

被遺留在這個世界令我痛苦不堪，明明是這樣的——

「你瞧，你自己也沒辦法否定我。」

「…………唔！」

或許真的是這樣沒錯。

或許在我心中，現在的生活所占的重要程度不知不覺越來越大了。

可要說哪邊比較重要，這是無法比較的啊。

對我而言，兩邊都很重要！

「不可以，貴大。你這樣是不行的。」

「咦……？」

「你非得做出選擇才行。A或B，必須做出抉擇。」

小蓮又說了些意義深遠的話語。

為什麼？為什麼小蓮要對我說這種話？

「關鍵掌握在你手中。好了，地球還是『亞斯』世界，做出選擇吧。」

我果然還是不懂他的話。

甚至感到一股陰森，我稍稍退後身體。

接著小蓮像是表達失望一樣嘆氣了。

「如果你沒辦法決定的話，我就強行把你拖走嘍。」

「主人！」

猛地出現一股把我往前拉扯的觸感。

那個瞬間，視界開始扭曲——

「唔！怎麼回事！」

回過神來，我已經站在「轉移之門遺跡」前。

—2—

「這裡是……？」

不會忘的，是我們三個曾經造訪的場所。

在遺跡殘骸的最上層，我們曾與守護者展開過對決。

而我逞強了，讓他們兩個先回到原本世界——

「真懷念呢。」

「！」

側邊傳來聲音，我飛快地退後。

對了，這傢伙也過來了。

小蓮在月光下用柔和的表情微笑。

沒有找到魔法道具的蹤跡，感覺也不像使用了技能。

那究竟是用什麼方法傳送到這裡來的？

面對我的疑惑，小蓮依舊不改有趣的神色看著我。

「不是什麼不可思議的事情。這種手法優介也辦得到。」

「優介？他也過來了嗎？」

「嗯。人不在這裡就是了，譬如說，像這樣。」

小蓮唰地揮了下右手。

接著景色搖身一變，ＬＥＤ燈的光芒點亮我們。

「這次是……以前那個迷宮嗎？」

「正確而言有點不一樣。像這樣構造相同的迷宮總共有好幾個喔。」

「是你們打造的嗎？」

「是優介做的。我只是在旁邊看而已。」

那是以前跟埃爾和艾露緹一起探險的迷宮。迷宮的構造和明志高中如出一轍。

但是，我知道這只是冒牌貨。

映照在教室外的星空，夜間的校園景色，全部都是冒牌貨。

「為什麼要打造出這種東西？」

「都是為了貴大呀。不對，應該說是為了我們三個人吧。」

「給我好好回答！優介人也在這裡對吧？」

「不，他好像不在。他應該在別的地方吧。」

「那就把他帶過來啊！」

「抱歉，我們沒得到那樣的許可。」

「許可又是什麼鬼啊……！」

越是與他對話，腦袋越是糾結成一團。

優介和小蓮還待在這個世界。

他們人在這兒，卻對我隱瞞著某種祕密。

我只知道這點，但這其實等同於我一無所知。

（這傢伙到底想做什麼？）

絲毫讀不出他的真意，我只能默不作聲地瞪視小蓮。

他再次用著悠閒的表情回看我。

「貴大。你真的以為這只是碰巧嗎？」

「咦？」

「我們來到這個世界，而這個世界的構造和遊戲如出一轍，我們能夠以高等級的狀態待著，最後找到了回去的手段。」

「小蓮？」

「你真的以為全部都是偶然嗎？」

試探般的眼神投射了過來。他正在向我謀求答案。

可我該怎麼回答才好？莫非那些都不是偶然嗎？

我遲遲無法回答，於是小蓮再度開口了。

「有龐大的災厄打算襲擊這個世界。而這個災厄並非和我、你、優介毫無關聯。」

「這次又在說些什麼？你是電波系喔？」

「不要扯開話題。我希望你認真聽我說。」

「不對，所以這話題根本……！」

「我們想要幫助你啊！」

事到如今，小蓮終於卸下游刃有餘的面具。

他用懇切的表情望向我。那神情甚至讓我有種他在祈禱的氛圍。

「我也希望貴大能幫助我們。所以，做出選擇吧。」

「所以說到底是怎樣啊！為什麼非得要我做出選擇？」

「這是很重要的。是很重要的事情啊。」

「那就用我聽得懂的話來解釋啊！」

「貴大！」

小蓮難耐糾葛地咬緊了嘴唇。

為什麼？那種想解釋卻又無法解釋的表情。

簡直像是被設定了禁止使用的ＮＧ字詞一樣。

（……………………）

該不會，就是這麼一回事？

剛才所說的沒有獲得許可，小蓮，莫非你——

「已經夠了，我明白了。就由我來把貴大帶回去！」

「我也下定決心了。總之先讓我揍你一頓再說！」

「別抵抗了！乖乖跟我走吧！」

「我才不要！這是我的台詞才對，我絕對會讓你恢復理智！」

伴隨著小蓮的情緒起伏，周遭景色冒出了雜音。

景色逐次切換。這裡又是「轉移之門遺跡」的遺跡地嗎？

無所謂了。哪裡都好。

我和小蓮拔出武器，於月光下邁出步伐。

# —3—

以爆發般的速度使出五連斬【光速五連】。

無數的刀刃閃耀起舞【幻象刃擊】。

割裂大地的猛烈一擊【蓋亞爆擊】。

自黑影中竄出的無數之蛇【暗影咬蝕】。

無論哪種都是被歸類為上級的技能。既可以輕輕鬆鬆地奪取人命，甚至連巨獸、大鬼、怪鳥都能輕易屠殺。如今我和小蓮正使用這些如同名稱般具備必殺威力的技能相互衝突，詭異聲響與轟隆聲響徹在荒野中。

「那種招數對我是不管用的！」

「我想也是！」

黑影構成的無數毒蛇竄了出來。被他僅用刀刃一閃便遭砍盡。

我以我的方式逐次閃過對方攻擊，直到目前為止都沒有被劍峰擦到過。

我們看透了彼此的動作。正因為是熟悉的夥伴，對手會出什麼招式，簡直再明白不過。

往好處想，這確實也增加了點可看性——

但就一決勝負而言，這些可看性瞬間成了累贅。

「【幻象之軀】！」

「那種一眼就能看穿的技倆！」

「那你就擋擋看啊！」

「…………嘖！」

我以多重分身使出的超高速連擊，小蓮只靠一把大劍就華麗地將攻擊切割。

從刀刃根部附有握柄的雙手劍上，延伸出寬幅雙面刃的獨特武器。能夠把那種大塊頭像是竹刀一樣四處揮舞，光是產生的風壓就足以把我的架式吹垮。果然近身戰是對方比較有利。

（但我才不會因此退縮！）

即使退到後方展開牽制，也只會重新被他拉近距離吃下斬擊而已。

我反而更加採取超近距離的近身戰，用小刀使勁瞄準他的胸膛。

「貴大！怎麼了！你只有這點程度嗎？」

「唔、咳哈！」

「光這樣是無法守護任何事物的！」

「你少在那邊講一堆莫名其妙的鬼話……！」

終究是太逞強了嗎？不斷遭受對方進攻，我漸漸被壓制。

我是無計可施，對方卻行有餘力。我判斷繼續僵持下去也只會被打得節節敗退，索性往後方大大地退後。

「喝啊！」

「嘖！」

果然他不會漏看這個破綻！

連這種時候都發揮了優等生精神，你偶爾也給我放水一下啦！

「【龍之牙】！」

「唔～～～～～～～！」

上下二連擊的迫近攻擊。從上方與下方同時進行攻擊，我的手終於因此負傷。

只是擦傷而已。並沒有受到直擊。

（手臂……還可以動。）

一面確認左手傷勢，我在內心鬆了口氣。

【龍之牙】。利用化為龍頭型的靈氣，使出彷彿能咬碎人的斬擊。

代表小蓮也是全力以赴。他差不多要對我使出致命一擊了。

「你就這麼想要把我帶回去嗎？」

「是啊。這裡的世界太危險了。」

「到底發生什麼事了？至少向我解釋這點吧。」

「有關這方面的事我也沒有獲得許可。」

「又是那種話！」

叫吼的同時，我投擲出小刀。

可是對方的硬直時間早就已經結束了。

小蓮抬起右手，輕鬆用護手彈開了飛刀。

「已經夠了，停手吧。再打下去沒有意義。」

「啊？」

「貴大是贏不了我的。我希望你收起武器。」

「還挺會說的嘛……！」

我雖然放下狠話，但真的束手無策了。

近身戰不行。拉遠距離也不行。等級和他一樣。裝備等級也相同——

果然很棘手。斥侯職種要贏過「勇猛劍士」實在太困難了。

對方也看穿這點吧，小蓮不刻意展開追擊，而用沉靜的表情看向我。

「我說，貴大啊。」

「幹嘛啦。」

「你的意思是無論如何都不想做出選擇嗎？」

「沒錯。在我知道詳情以前，不想。」

「但是，被迫做出選擇的日子總有一天會到來喔。」

「所以我才問你是什麼時候啊。」

「我想想。譬如說，像是今天之類的。」

「什麼鬼啊？」

「要是貴大不做出選擇，我就把優米爾給殺了。如果我這麼說的話你會怎麼做？」

「……………嘖！」

瞬間，我的體內噴發出無比漆黑的氣場。

我本能性發動了自我強化狀態。【暗殺者本能】的氣流纏滿全身，我怒瞪著那個鬧事的混帳。

「喂，就算是玩笑也別說那種話。」

「不錯喔。很棒的氣勢。就是要這樣才對。」

「喂！」

看著對手嘻皮笑臉的，我感到憤怒染上了整個心靈。

不行。這傢伙果然哪裡變得不尋常了。得想辦法治好他才行。為此，首先必須封住他的行動！

「只能用粗暴的治療法了！如果會痛就你就忍耐點吧！」

「知道了！我也要使出真本事了！」

他故意說些挑釁的言詞，使我的憤怒達到極限。

相較於我沉默不語的衝上前線，那傢伙發動了自我強化狀態。

「好了過來吧！一決勝負，貴大！」

「吵死了！給我吃下這發攻擊，好好冷靜你的腦袋！」

綻放白光的「勇猛劍士」，以及漆黑混濁的「制裁者」。

我們緊逼彼此，將力量注入手中的武器，叫吼著！

「【勇猛之刃】——————！」

「【心臟貫穿】——————！」

黑與白的氣流交互融合的世界裡——

我得到了一股確切的感觸。

—4—

我與小蓮的身影重疊了。
維持施放技能的架式固定在原地，文風不動。
我們無法動彈。夜晚的荒野正吹著寒冷的風。
「…………」
分出高下了。
閃耀光輝的勇者之劍插進了我的肩膀。
但是，早了一刻，我的小刀貫穿了那傢伙的胸膛。
延遲了半晌，小蓮的口中吐出鮮血，他搖搖晃晃地往後退。
有夠誇張的傢伙。明明這點程度我們是死不了的。
「喂。我可是避開了要害。你別倒下啊。」
我拔出插在小蓮右胸膛的小刀，轉而將「回復藥」灑在他身上。
出血量看似有點大，但用些藥就能暫時止血了吧。目前稱不上恢復萬全的狀態，小蓮還

是臉色發青。

「你、你的功力進步了呢，貴大。最後一瞬間，我來不及做出反應。」

「是你退步了吧。我本來還有覺悟會被你削斷一隻手臂。」

「搞不好喔……哈哈。」

小蓮無力地鬆開大劍，跪倒在地面上。

這樣他腦袋總算冷靜點了吧。要是這種震撼療法有用的話就好了。

「真是可靠啊。回去以後可以向優介報告些好結果了。」

「啥？又說那種莫名其妙的話。」

「但是怎麼說呢，總覺得還有一點……還有一點不夠……」

「嘖。」

不行。這傢伙果然腦袋哪裡有問題。

即使對在那邊自言自語的小蓮感到厭煩，也不能把這傢伙晾在一邊不管。

「喂，走吧。我認識一位修女。先去讓她幫你解除詛咒之類的異常狀態吧。」

「不，不用了。我沒事啦。」

「那是怎樣？先說好，你要是敢逞強，我用拖的也會把你拖走喔。」

「那樣我會有點困擾。」

「啊？」

我湊近一看小蓮的臉。

怎麼啦？好像有種異樣感。

「等等，嗚哇！」

我突然跳起來，腳步退後。

沒想到他已經痊癒得差不多了。只靠「回復藥」？

「你變強了呢，貴大。」

「你……！」

「是因為和優米爾相遇的緣故嗎？真的變得很強。」

「什麼……？」

「你們的相遇，對我們而言說不定只是僥倖而已。」

他又開始說些不明所以的鬼話了。

該死，結果腦袋跟傷勢都恢復原樣了喔！我苦著張臉看向拾起大劍的小蓮。

「啊，別緊張，你不用再提防了。今天我就先回去吧。」

「什麼……？」

「總之已經達成目的了。所以我先回去了。」

伴隨這句話，景色再度開始搖曳。

噪音響起且變得混濁，我們漸漸地遠離了那個荒野。

在不可思議的空間裡，只有小蓮和平時一樣沉穩冷靜。

「只是重蹈覆轍而已。這個國家將會面臨巨大的災厄襲來。而貴大總有一天非得做出抉擇不可。」

小蓮又重複著剛才我聽過的話語。

真的是如此重要的事情嗎？我實在感覺不出來。

那傢伙卻用著無比認真的神情盯著我繼續說道。

「我和優介還留在這個世界裡。我們一直在擔心著貴大喔。但是卻沒辦法幫助你。一切的一切關鍵都掌握在貴大手中了。」

「完全不懂你的意思……」

「現在不懂也沒關係。你只要記住我說過的話就好了。」

「到底在搞什麼鬼啊。」

「抱歉喔。我沒辦法透露太多。」

他一臉歉疚。

他露出那種苦笑的表情，我也沒辦法追問什麼了。

我們之間延續著片刻的沉默。而空間更加扭曲變形。

「時間差不多了。這次就到此為止吧。」

「喂，等等！」

「啊，對了。最後還有一點可以告訴你。」

「咦……？」

「雖然我沒辦法詳細說明……」

「但你要小心惡神跟ＭＣ。」

小蓮僅僅留下這句話便消失了蹤影。

而我只能呆立在起居室當中。

初春的天空中流淌著白雲。

附近的屋頂有鳥兒在嬉戲，能聽見遠方傳來馬車運駛的聲響。

我在自家屋頂上午睡，恍恍惚惚地凝視景色，聆聽聲音——

（總覺得啊。）

實在是沒辦法。想說躺在這裡應該可以睡著，果然還是辦不到。

吹拂而來的風很溫暖，明明是絕佳的午睡天氣，我卻一點也不覺得睏。

我知道原因出在哪。是小蓮。

那傢伙的所作所為，留下的話語，直到現在仍讓我百思不解。

（真是的，什麼災厄啊。）

而且還跟我有所關聯？

拜託別開那種玩笑了。我完全想不到任何蛛絲馬跡。

還有什麼做出抉擇，到底要我做什麼啊？

（還有什麼ＭＣ。是指這傢伙嗎？）

我翻閱著從圖書館借來的《異世界探訪錄》。

最後一頁有著推測為作者的ＭＣ簽名註記——

所以那又怎樣？其實這傢伙是一切的幕後黑手，是這個意思嗎？

（還有那個惡神啊……）

光聽名字我是有印象的。

好像是司掌各種異常狀態的特殊魔物。【憤怒】的卡利，【狂亂】的帕拉帝斯，【猛毒】的諾格索爾，諸如此類的。隨著異常狀態種類之多，就存在著多少可以操縱絕大的上級異常狀態的傢伙們——

（等等，範圍未免太廣了吧。）

就提示而言，我希望至少可以確切得知他們的名字。

「唉～……」

一面躺著翻身，伸懶腰，發出一個又大又沉重的嘆息。

在那之後又過了三天，我不知是第幾次思考著同樣的問題。

思緒彷彿陷入迷宮，心情怎樣都難以一掃憂鬱。

但是這麼嚴重的問題總不能晾在一旁不管，我又開始想著小蓮、ＭＣ，以及惡神。

「……主人，該吃午飯嘍。」

「嗯～？」

不知不覺，優米爾也來到了屋頂。

已經到了這時間了啊。但總覺得沒什麼吃飯的心情。

「……午餐時間了。請您下來吧。」

「嗯～我知道了～」

我是做了回答，但還是沒動。

所以我把視線從優米爾身上移開，飄向隔壁鄰居的屋頂——

「哦？哦哦？」

沒想到優米爾打算把我拖起來。

力量還滿強的。感覺會被她強制拖回去。

「喂，妳不要這樣拉我啦。」

「…………」

「我下去，我下去就是了。」

到這節骨眼只能乖乖認命。

但果然還是渾身懶懶散散的，我又坐了回去——

優米爾看著毫無幹勁的我——

啪答。

她輕輕拍了我的臉頰。

「…………」

既不痛，也沒魄力。

那股氣勢實在難以稱作是掌摑攻擊。

但總覺得能夠喚醒人的意識——

優米爾使出的巴掌就是這種巴掌。

「……主人，請正經點。」

「不，不是啊，正經什麼的。」

「……要是發生什麼危急情況，您那副模樣是無法應對的喔。」

「妳說的是沒錯啦。」

優米爾並沒有發出大吼。

她的口氣也沒有急躁，我卻感到不知所措。

我看起來就像被責罵的孩子一樣。

優米爾凝視著我的眼睛，繼續說道：

「……我不是很清楚蓮次先生的事情。只有稍微聽過他的事，與他有大約半天左右的交情。但是，即使是這樣我也有我的見解。」

「怎、怎樣的見解？」

「……蓮次先生絕對不是壞人對吧？至少他看起來不像是毫無理由就帶給別人困擾的類型。」

「…………！」

這次她用話語讓我清醒了。

是啊，小蓮才不是那樣的人。

藉由傷害他人、讓他人感到迷惘來取樂——

他才不是那樣的混蛋！

「妳說的對。怎麼可以連我都懷疑他呢。」

「……是的。」

「雖然不懂他的目的，但他做那些事是有必要的對吧？」

「……我是這麼認為的。」

優米爾乖巧地點頭。

見狀，我這次總算站起來了。

「唉～總感覺煩惱這些事情變得很蠢。」

「……真是太好了呢。」

「哎，就結果而言還算好啦。謝啦。」

「……是的。」

把手放在優米爾頭上，開始搓亂她的頭髮。

嗯，這傢伙果然還是面無表情。即使眼神轉來轉去，表情依舊文風不動。

那副模樣格外有趣，我噗哧一聲噴笑出來。

優米爾看見我的反應，進而露出了「這傢伙在搞什麼啊」的表情。

（果然一如往常是最棒的了。）

鑽牛角尖地煩惱不適合我的性格。

像平常一樣悠哉自在，我認為這樣才有辦法發揮我的實力。

「好啦～吃飯吧，吃飯吃飯！」

「……今天的午餐是咖哩。」

「哦，很棒耶～」

今天就先吃咖哩吧。

吃完以後再回屋頂午睡吧。

首先變回平常的自己。暫時先把煩惱放到一旁。

「好啦，走吧。」

「……請不要推我。」

「抱歉抱歉。」

推著優米爾的背，我們離開屋頂。

此時，我回首，抬頭凝望漂浮著綿綿白雲的天空。

那兩個傢伙是不是也和我在同一片天空之下呢？

還是說在別的地方，眺望著截然不同的景色呢？

無所謂，哪種都可以。至少我已經知道他們平安無事了。我相信只要是那兩個傢伙，無論在哪都可以堅強地活下去。

別擔心，總有一天一定還能重逢。

（對吧，你們兩個。）

我詢問道，這次真的走進了屋內。

據說初春的天氣冷上三天後會連續回暖四天，但這幾天的天氣也不適用這俗話了。

符合春天季節的日子持續著，今天的我依舊生活在格蘭菲利亞的一隅。

縱然自己的人生稱不上沒有任何煩惱與束縛——

不過姑且還算是令我享受的自由人生。

我不知道明天會變得如何。

後天又會發生什麼事，我也一無所知。

但是如果是在這裡的話。如果是在這個城鎮的話。

如果身邊有著優米爾相伴的話。

無論面臨什麼遭遇，總會船到橋頭自然直吧，我心想。

自由人生
異世界萬事通
奮鬥記

「還沒結束……！」

不能認為這樣就結束了。

不能認為這裡就是終點。

之後才是關鍵。一切都會從這裡重新開始。

「我可以感受到你的力量……」

位於黑龍山脈深處更深處的因緣之地，她遠眺著西方。

能夠於遠方感受到，前陣子雙方激烈衝突時對方力量的一絲氣息。

不會錯的。那傢伙就在那裡。他處在名為格蘭菲利亞的人類城鎮。

「吼哦哦哦哦……！」

被那男人砍出的胸口傷痕隱隱作痛。

他的名字似乎叫貴大。直到現在依舊能夠鮮明地勾勒出那個黑衣暗殺者的面容。

「無法原諒……」

幹了那種事，還奢望自己能夠獲得原諒嗎？

才不可能。明知不可饒恕，為什麼那傢伙卻沒前來謝罪或晉見自己？

胸口深處的激昂彷彿煮沸似的翻攪升溫。

夾帶一股岩漿般的熱能正在體內驅使。

「不可饒恕，人類！」

她朝向黑龍山脈的天空咆哮。

這象徵對他的宣戰。

不會再讓他逃了。不會再大意落敗了。

她在高空中吐出誓言，再次將視線轉向西方。

「與你的再會，近在咫尺了！」

而後，混沌龍大大地展翅高飛。

# 後記

《自由人生》第四集，各位還滿意嗎？

這次大部分都是過去篇，劇情包含了至今為止沒有提及的貴大的過去、「自由人生」的初始成員、以及與優米爾的初遇。故事依舊是以貴大為視角，但他平日的懶散氣質降低了，隨著場面不同也展現出年輕人的年少輕狂。我自己寫著寫著也產生股「貴大你好朝氣勃勃喔！」的心情。各位讀完後是否也有這種感覺呢？

那麼，這次的自由人生第四集，其實也象徵著故事第一部的最後一集，接下來的第五集則會作為故事第二部的起點。這集的收尾雖然令人戰戰兢兢，不過第二部會從混沌龍篇開始。

混沌龍即將襲擊伊森德！該怎麼辦，貴大！該怎麼辦，自由人生！第二部莫非是一面倒的嚴肅劇情……？

後續劇情可以先在「成為小說家吧！」以及WEB版一窺詳情，但先忍耐一下，等待第五集實體書也是個方法。角川 Sneaker 文庫版的實體書將會是大幅增加劇情的修正版！接下來也以重製的精神重新撰寫內容，敬請各位期待。

不過啊……

其實，過去篇感覺還寫不夠呢……！

考量到故事的節奏，書中以年為單位速速跳過了許多場面，但是我很想再交代更多有關貴大、蓮次、優介的故事。也想寫些和優米爾一同生活的橋段，因此想說接下來也寫一些支線故事吧。

幸好我有在角川 Sneaker 文庫的免費投稿網站「KAKUYOMU」取得官方帳號，支線故事預計會在該網站發表。首先應該會寫些三個男孩子冒險的後話吧。還有和主線劇情有些脫節，貴大一行人雞飛狗跳的日常生活。接著是優米爾的故事，再接下來是別的支線故事，這些都是未曾公開在文庫版小說和ＷＥＢ版的新故事，敬請期待。

那麼也到了結尾，向此書的關係者們獻上謝詞。

首先是負責此書的Ｔ責編！這次也得到您許多建言，非常感謝。

像是您點出了劇情裡台詞不足、描寫不足的部分，讓整體故事打磨得更好了。設定方面也獲得您的提案，真的非常感謝。下一集也繼續拜託您了。

插畫家かにビーム老師，蓮次與優介的設定真是太棒了！貴大也看起來年輕有活力，更加傳達出過去篇的氛圍。下一集將會有新的女主角登場，我也會很期待您的插畫。

負責漫畫版的森あいり老師！您取得 niconico 插畫比賽第一名，漫畫第一集也迅速再版，真的令我非常敬佩。身為原作者，同樣也身為您的讀者之一，我很期待漫畫版續集。

接著是裝訂與校對等與本書有所關聯的所有人們，真的非常感謝！

其中莫過於願意翻開並閱讀這本書的您，請讓我深深致謝。

為了能讓各位更享受自由人生的故事，我會努力精進自我。

那麼，下次就讓我們在第五集相見吧。在此失陪。

気がつけば毛玉

# 問題兒童的最終考驗 1~6 待續

作者：竜ノ湖太郎　插畫：ももこ

**大陸之謎越發深邃☆金翅之焰展翼翱翔！**
**地上發生異變的時候，耀在最底層遭遇到的存在又是什麼──**

問題兒童們和黑兔與御門釋天等人會合後，一行人強制因戰鬥而耗損的逆迴十六夜安靜休息，同時繼續研究亞特蘭提斯大陸的謎題。而後，舞台轉移到地下迷宮。單獨先行前往最底層的春日部耀與負責尋找石碑的其他人卻因為火山突然爆發而導致事態丕變！

各 **NT$180~220/HK$55~75**

## 毀滅魔導王與魔像蠻妃 1 待續

作者：北下路来名　插畫：芝

**「魔導王」與「魔像蠻妃」踏上旅途，**
**改變世界理應毀滅的命運！**

回過神來，「我」發現自己來到了異世界，身上只穿著一件超土的睡衣。我似乎是以毀滅世界的「魔導王」身分被召喚過來的，但自己的能力值卻全部點到了土屬性上——而從我的能力中誕生的「最強武器」，不只是戰鬥能力高強，就連醋勁也深不可測？

**NT$270/HK$90**

# 叛亂機械 1 待續

作者：ミサキナギ　插畫：れい亜

**自動人偶×吸血鬼，**
**正義與反抗的新時代戰鬥奇幻！**

對吸血鬼戰鬥用自動人偶「白檀式」將歐洲從吸血鬼軍的侵略下解救出來。事隔十年覺醒的第陸號水無月對戰後狀況感到愕然——海爾懷茲公國成了人類與吸血鬼和平共處的共和國。他認識了白檀博士的女兒嘉音以及吸血鬼公主麗妲，漸漸接受新的生活——

**NT$220/HK$73**

國家圖書館出版品預行編目資料

自由人生：異世界萬事通奮鬥記 / 気がつけば毛玉作；響生譯. -- 初版. -- 臺北市：臺灣角川,
2020.05
冊；　公分. -- (Kadokawa fantastic novels)
譯自：フリーライフ：異世界何でも屋奮闘記
ISBN 978-957-743-761-7(第4冊：平裝)

861.57　　109003330

Kadokawa
Fantastic
Novels

# 自由人生～異世界萬事通奮鬥記～ 4

（原著名：フリーライフ～異世界何でも屋奮闘記～4）


2020年5月27日　初版第1刷發行

作　者：気がつけば毛玉
插　畫：かにビーム
譯　者：響生

發行人：岩崎剛人
總經理：楊淑媄
資深總監：許嘉鴻
總編輯：蔡佩芬
主　編：朱哲成
美術設計：胡芳銘
印　務：李明修（主任）、張加恩（主任）、張凱棋

發行所：台灣角川股份有限公司
地　址：105台北市光復北路11巷44號5樓
電　話：（02）2747-2433
傳　真：（02）2747-2558
網　址：http://www.kadokawa.com.tw
劃撥帳戶：台灣角川股份有限公司
劃撥帳號：19487412
法律顧問：有澤法律事務所
製　版：巨茂科技印刷有限公司
ＩＳＢＮ：978-957-743-761-7